猫の話をそのうちに

松久 淳

小学館

黒沢《くろさわ》さんってどんな人？

有名なミュージシャンである黒沢光《ひかる》と親しく、公私ともの後輩だと知ると、人は必ず野崎《のざき》にそう尋ねる。そのたびに、もっとも黒沢という人を表し、かつそれなりに笑ってもらえ、さらにある程度感心もしてもらえるエピソードを、野崎はひとつ披露するようにしていた。

タイトルは「泣きキャバ事件」だ。

野崎が、黒沢と知り合い二年半以上が過ぎ、急な呼び出し、酒の相手、二軒目あたりから始まる説教にもそこそこには慣れてきたころの一一月だった。野崎は二九歳、黒沢は四〇歳だった。

その日は黒沢が、同世代の友人で編集者の広田《ひろた》と、いつものように西新宿の居酒屋で飲んでいるところに、門前仲町のアパートにいた野崎は呼び出された。

一軒目は普通に飲んだ。黒沢のせい、いやおかげで、最初のころはすぐに吐いていた日本酒も、野崎はさくさくと飲めるようになっていて、昨今はいつも食らう説教も久しくなかったので、やや調子に乗っていたかもしれない。

「黒沢さん、今日なんか飲みが遅くないですか？」

同じ日本酒をちびちびと舐《な》めるように飲んでいたが、酒よりもマイルドセブンを吸う時間のほうが長い黒沢に、野崎は何気なくそう言った。その瞬間、ふっと飲みの席の空気が少し変わった。野崎はいい頃合いで酔っていたので気づかなかったが、そのとき、黒沢と広田は一瞬目配せをしていた。

「悪い悪い。じゃあ次でちゃんと飲むから、シューサン、たまには奢《おご》ってくれない？」

黒沢は夜でも外さないサングラスの中の目線を見せず、煙草《たばこ》を灰皿に押し付けながら、口元には笑みを浮かべて野崎をいつものようにあだ名で呼んだ。

「もちろんです、いつもお世話になってますから、たまにはご馳走《ちそう》させてください」

野崎はコップに一センチ半ほど残った一ノ蔵を一気に飲み干してから、得意げに頷《うなず》いた。

黒沢はすぐに立ち上がり、「よし、じゃあすぐ行こう」と勘定を済ませると、タクシーに乗り込み「歌舞伎町に」と告げた。

たどり着いたのは、野崎も何度か黒沢に連れて来てもらったことがある、高級キャバクラ店だった。黒沢は入店するなり馴染《なじ》みの黒服に告げた。

「酒は適当に。あと寿司桶《すしおけ》二人前、フルーツ盛り二人前、あいてる女の子全部座らせて」

このときも、いやこの後でたった三人の男に一一人の女の子がつき、本当に装飾だけは豪華なパサパサのフルーツがテーブルを埋め、さらにそこへ近所の寿司屋から出前が届いたときも、さらに言えば笑顔の黒沢に「歌いなよ」と促され、カラオケで野崎と同年代の人気歌手のヒット曲を歌わされたときでさえ、野崎は心のどこかで、ここの支払いは当然黒沢がするものだと思っていた。

入店してたったの三〇分、フルーツ盛りから二〇分、寿司から一〇分、野崎のカラオケが終わったところで、黒沢は言った。

「じゃあシューサン、ご馳走になるよ」

そのころ、年収が二五〇〇万円ほどだった野崎の元に届いた伝票には、一四万八千円と記されていた。黒沢は最後まで「冗談だよ、俺が払うよ」と言うことはなく、野崎は泣きながらカードを黒服に差し出した。

それから何年も経《た》って、ようやくこのときの黒沢の行動の意味を、野崎は実感した。

黒沢が野崎に高額を支払わせたのは、そのとき軽い潰瘍で酒を控え気味だったところに、後輩である野崎が偉そうな物言いをしたからお灸《きゅう》を据えたのだが、普通に居酒屋やバーをはしごしなかったことに大きな意味がある。

「あそこで一万円や二万円くらい出しても、記憶に残らないじゃん」

先輩に啖呵《たんか》を切って奢るなら、後に奢ったほうも奢られるほうも、誰かに話したくなるくらいのインパクトがなくては意味がない。そのときに金銭的に、あるいは精神的にでも身体的にでも、何かの「無理」をかなりしないと人は記憶しないいんだよと、黒沢は平然とそう言った。

最初のうちはとにかく金額の大きさに、その黒沢の言い草に野崎は心の中で舌打ちをしていた。しかし、年齢を重ね、経済的にも少し余裕ができてくると、あまりにもあっさりと、その真意が腑《ふ》に落ちた。

そして実際に、野崎はこの話を何度となく、人にするようになった。黒沢の人となりを表しつつ、実際にもらった「教え」をそのまま伝えられるからだ。その回数をこなしてきたおかげで、いまやその話は、聞いた人にわかりやすく、すっかりコンパクトにまとまってきている。

さらに言えば、野崎の当時の年収は本当は三二〇万円ほどで、実際の勘定は一二万七千円、そして野崎は泣くこともできないくらい茫然《ぼうぜん》としてしまい、ほぼ無言、無表情だった。しかしそのディティールも、「中途半端だな」という理由で、黒沢自身に変更するよう指示されて、やや話を「改変」した。

黒沢さんとは、そんな人だよ。

野崎は肩をすくめて溜息《ためいき》をつきつつ、しかしどこか誇らしげに、この話を今度は自分の後輩たちに語っている。

almost famous

野崎周一郎《しゅういちろう》。二六歳。自称ミュージシャン。

事件を起こしたり事故にあったりしたら、もしかしたら自分はもう、そんな呼称をつけられるんじゃないかと野崎は思う。

大学時代に女性ボーカルの六人組のポップスバンドを組んでいた。メンバーのうちボーカルとベース、ドラム、キーボードは、四年生になるときには就職活動を優先するようになった。しかし、野崎と同じくギターだった川島道夫《かわしまみちお》の二人は、あわよくばこのまま音楽で食べていけないかと、演奏していたライブハウスのオーナーなどのつてをたどり、それなりに紆余曲折《うよきょくせつ》、艱難辛苦《かんなんしんく》な経緯があるのだがそこは端折《はしょ》るとして、とにかく二人は「ネクストマンデイ」というデュオとしてデビューすることになった。

二人揃《そろ》って色違いのベレー帽に首にスカーフ、眼鏡にボーダーの長袖シャツという格好で、アコースティックギターと英語詞のボーカルをそれぞれ担当する若い二人組は、ある程度のうるさ方の音楽ファンを少し含みつつ、若い女の子を中心に、そこそこの人気を得た。といっても、五バンド共演なら三五〇席のライブハウスに出演できるが、単独だと一五〇席のキャパはなかなか埋まらない程度の人気だ。

所属事務所から、最終とは言われなかったが「通告」されたのは二年前だった。わかりやすい日本語のポップソングを出せ、しかも作詞は外部のプロに頼む、今後のことはその結果を見てから考える。

これまで、まがりなりにもオリジナル曲でやってきて、しかもギターのメロディーありきの英語の言葉を選んで作詞もしてきた二人にとって、それは当然、屈辱的な通告だった。しかも指名された作詞家は浅田逢来良《あさだあきら》といって、「あのころ追いかけた夢を忘れないで」だの「君の手をもう離さない」だの、口当たりだけはいい薄っぺらい詞ばかり書いている男だった。

しかし、これを断ることはすなわち、この段階での解散引退を意味していた。二四歳にして、早くも人生の岐路というやつに野崎は立たされてしまった。

川島はもっと深刻に悩んでいた。というのもファンには公表していなかったが、学生時代からの恋人と結婚していて、これは所属事務所にも伝えていなかったが、妻の妊娠がわかったばかりだったからだ。川島は、これをきっかけにすっぱり音楽を辞めて父親としての自覚を持つべきか、それともこれをミュージシャンとしての最後の賭けと思うべきか、ずっと頭を抱えていた。

結局、その結論を二人では導き出せないまま、浅田の詞が先に届いた。それを見て、野崎と川島は驚いた。どうせロックやポップスの「てい」にただ乗せられた、漠然としたラブソングや応援歌だろうと思っていたが、内容は子供が生まれたときの父親の心情を綴《つづ》った、「君がお父さんになったら」というタイトルのものだったからだ。

後に浅田に会ったとき、川島の事情はまったく知らず、詞の内容はただの偶然だったことがわかった。浅田は三七歳でまだ小さい子供がいた。そして昭和を代表する有名な作詞家だった父を亡くしたばかりでもあった。「そんな個人的な思いを、君たちの曲で聞けたらと思ったんだけど、イメージに合わないことは承知してます。ごく普通の詞に書き換えてもいいです」と浅田は申し出たが、野崎と川島は「ぜひ歌わせてください」と頭を下げた。

結果、ネクストマンディの初の日本語詞にして久しぶりの新曲「君がお父さんになったら」は、チャート九二位というのが最高順位だった。ヒットとはとても言えないが、一〇〇位までのチャートに入ったのは初めてだった。事務所の判断は「これまでに比べれば上出来」で、二人はアルバム制作を許可された。

しかしその半年後に発売されたセカンドアルバムは、チャート圏内どころか、売り上げは五〇〇枚にも及ばなかった。

結果、ネクストマンディは解散。娘が生まれた川島はレコード会社の人間に紹介されて、イベント制作会社に入社した。

野崎はソロでネクストマンディ名義を残しつつ活動することになった。というと聞こえはいいが、レコード会社との契約は終わり、所属事務所も籍だけ置かせてもらっている状態で、ごくたまに小さなライブハウスのステージに立つのも複数のバンドが登場するイベントで、数曲を弾き語りする程度だった。

それだけでは当然、生活はできない。「君がお父さんになったら」が縁で目をかけてくれるようになった浅田が、他の作詞家や作曲家たちと数人で作った事務所に、野崎は勤め始めた。印税管理やマネージャーのような仕事から電話番やトイレ掃除などをこなし、そのかたわらで日本語の作詞家を目指し、書いては浅田たちに見てもらうという日々を過ごすようになった。

職業を聞かれたら、正確には音楽関係事務所の契約社員ということになるのだろうが、事故や事件を起こしたら「自称ミュージシャン」と呼ばれるのかなと、野崎はそう想像するたびに溜息《ためいき》をつく。

「野崎くん、オナニーは週に何回?」

「週三です」

まさかそれが、それからずっと自分のあだ名になるとは野崎は思いもしなかった。

有名なミュージシャンである黒沢光が目の前にいるだけでも、そうとう舞いあがっていたのに、最初の会話がそれだったので、野崎は何も悩まずに本当のことをすかさず答えてしまい、皆に大笑いされ、そのフレーズを連呼されるようになった。

後から知り合った人たちは誰もが、黒沢が野崎を「シューサン」と呼ぶのは「周一郎」という野崎の名前を、あえてさん付けで呼んでいるのかと思っているが、実はイントネーションは「周さん」ではなく「週三」だ。

黒沢は浅田と同期の三八歳で、再来年でデビュー二〇周年を迎える、誰もが知るソロミュージシャンだ。大きく刈り上げたソフトモヒカンのような短髪に、表に出るときには必ず濃い黒のサングラスをかけている。独特のしわがれ声で歌うのは無骨なロックで、デビュー以来、確固たるファンをきちんとつかんでいる。そしてたまにトーク番組などに出演すると、独特の口調と機転の早さとたとえ話の巧《うま》さで、下手な司会者よりもいつもその場を沸かせる。

浅田に連れられて、それからいつものように呼び出されることとなる、西新宿のはずれにある居酒屋「あみどん」に行くと、黒沢はその座敷席の奥に牢名主《ろうなぬし》のように、あぐらをかいて座っていた。

その日は黒沢と浅田、そして二人と仲がいい出版社の雑誌編集長の広田という男の三人での飲み会で、浅田に「勉強になるよ」と連れてこられた。実際のところ浅田は黒沢のことは好きだが、酒も飲み会も苦手なので、若い野崎を黒沢に「差し出す」という思惑があったかもしれない。

「ネクストマンディ、悪くなかったと思うよ」

野崎の紹介や、黒沢たちの昨今の近況の語り合いなどが終わると、話題が野崎のことになっていった。その流れでの黒沢のその一言に、野崎は顔どころか頭の先まで赤くなるのを自覚した。

「聴いていただいたんですか」

「もちろん。あれ良かったな。『恋はルアーフィッシング』」

黒沢が真顔でそう言い、野崎は喜びの表情をぴたりと止めた。この人は何を言ってるのだ?

「広田さんも好きでしょ。どの曲がいい?」

「僕って者的には『あの日、鵜飼《うか》いの君は』だったりするんだもの」

妙な口調の広田が、すかさずそう続けた。すると黒沢は人差し指を立てて、広田に「いいね」という顔を向けた。

「でもやっぱりシューサンの代表曲ってことになると、『底引き網セレナーデ』ってことになるんじゃないの。なあ、浅田ちゃん?」

黒沢が顔を向けると、浅田は噴き出しそうになるのを堪《こら》えるように、ぎゅっと閉じた口をぷるぷると震わせていた。唖然《あぜん》としていた野崎はそこでようやく、からかわれていたことに気づき、先ほどとは違う意味で赤くなった。きっと、いつもこういうくだらないことを言い合う遊びをしているのだろう。

「黒沢も広田さんも、そのへんにしといてあげて」

浅田は野崎を気遣うようにそう言いながら、しかし口を開けたタイミングで少し笑ってしまっていた。

「シューサン自身は？」

黒沢はそんな浅田をわざと無視して、野崎に聞いた。

「あの、僕、そんな曲作ってないです」

野崎が絞り出すようにそう答えると、黒沢はすかさず首を横に振った。

「いまはひとつ、シューサンが流れに乗ったら爆笑で終わる現場だよ。ね、広田さん」

「あとあれも好きだったりしてね、『マグロ漁船の夜は更けて』」

広田がすかさず続けると、黒沢は「くっくっくっ」と前かがみになって大笑いを嚙《か》み殺した。

野崎はなんと答えてよいのかもわからず、ただごくごくと目の前のビールを飲み干していった。自分は馬鹿にされている。そもそも黒沢くらいのビッグネームからしてみれば、ネクストマンデイなど目に入るはずもない。

野崎は次第に、恥ずかしさを上回るような悔しさを感じていった。確かに、ここで自らが面白いフレーズのひとつでも言えば場は収まるのだろう。しかし、それほど売れなかったとはいえ、ミュージシャンとしてやってきた自負のようなものはある。それがレベルも売り上げも知名度も違うからといって、黒沢にこんな風に馬鹿にされる筋合いはないはずだ。

頭がぼんやりしてきた。酒のせいもあるんだろうなと頭の片隅では思ったが、グラスを口に運ぶスピードを抑えることができなくなっていた。

「セリザワって、シューサンと同い年くらい？」

マイルドセブンに火をつけながら、黒沢が突然話を変えた。野崎はまだ気持ちを整理できないまま、「あ、はい」と頷《うなず》いた。

セリザワはほぼ同期のソロミュージシャンで、苗字《みょうじ》の芹沢《せりざわ》をカタカナにして芸名としている。アコースティックギターを弾きながらのボーカルというスタイルも野崎と同じだ。野崎がネクストマンデイを二人でやっていたころは、セリザワはほぼ無名だった。野崎たちよりももっと郊外の小さなライブハウスで、ソロの弾き語りで奮闘していた。野崎も何度か会ったことはあるが、深く話をしたことはない。

そんなセリザワは昨年、あるプロデューサーの目に留まり、バックバンドを従えての新曲を発表した。そこからはあっという間で、元々のソングライティングの才能と、厚いサウンドにのったほうがより艶っぽく引き立つボーカルが一気に注目され始めた。新曲は今季ドラマのタイアップの主題歌で、早くも日本武道館でのライブ開催も決定している。

「いいよね、セリザワ」

「そう、っすね」

黒沢の何かを試すような言葉に、野崎はなるべくニュートラルに返事をしたつもりだったが、妙なアクセントがついてしまった。このとき、黒沢がサングラスの奥で目線を少し変えたのを、浅田と広田はすぐに気づいていたが、野崎はビールをぐいっとあおって、その変化を見逃していた。

「若いのに声がいいし、声の使い方をよくわかってる。ね」

煙草の煙を吐きながら黒沢はそう言うと、浅田を見た。浅田は「そうだな」という顔で頷いた。

「うちの社員も、可愛《かわい》い女の子たちばっかりファンだって言ったりしちゃってるね」

広田が続けた。野崎はいまあけたばかりのグラスにすかさずビールを注《つ》いで、一気に半分くらいをまた飲み干した。

「やっぱりシューサンとしては、いま跳ねてきた同世代は気になるとこだろ」

黒沢があん肝を箸でつまみあげながら言った。野崎は瞬間的にぼんやりとしていた。いまだに黒沢を目の前にして緊張しているせいもあるだろうが、いつも以上に飲みすぎてしまったのか、先ほどからの話をどうも頭か体のどこかが拒絶しているせいなのか、それを判断できない自分がもどかしく、その焦りのようなものがどんどん、冷静さを奪っていくような感じだった。

「まあ、関係ないっすね」

野崎は言った。気にしていないわけがない。すごいなと素直に思うときもあれば、やはり妬みや嫉《そね》みの感情が自分の中に渦巻くときもある。しかしいまは、セリザワを褒めるのも貶《けな》すのも、どちらも違うような気がした。

「ちょっと待ちなよ」

これまでと違う、黒沢の強めの声が聞こえてきた。野崎は「え?」と顔を黒沢に向けた。サングラス越しの表情はよく読み取れなかったが、浅田と広田がやや神妙な顔つきになったのがわかった。

「関係なくはないだろう」

「いや」

野崎は黒沢の言葉に棘《とげ》のようなものが含まれていたことに気づいた。しかしもう遅かった。気づいたところで、それに冷静に対処する余裕などもはやなくなっていた。

「関係なくないです」

「何が?」

野崎が消え入りそうな声で頭を下げると、黒沢のすかさずの返しはさらに強いものになった。黒いサングラスの奥の、見えないはずの目が見えた気がした。

「その、セリザワは関係なくなくて、同じミュージシャンとして、その」

「そうじゃないよ」

黒沢はまっすぐに野崎を見据えて言った。浅田と広田は、ただ黙って事の成り行きを見守っている。自分が何の粗相をしたのかわからず慌てながらも、野崎は二人の様子を見て、この黒沢の態度はよくあることなんだろうということに気づいてもいた。

「いまセリザワの話を始めたのは誰?」

「黒沢さんです」

「じゃあ俺の飲み会で、俺が始めた話はいまこの場に関係がある？　ない？」

野崎は慌てて居住まいを正して口を尖《とが》らせた。

「あります。あ、でも関係ないって言ったのは、そういう意味じゃなくて、ミュージシャンとしてその、年も近いですけど、目指してるところが違うっていうか、比べるような相手でもないっていうか、そういう意味で言ったんです。黒沢さんの話が関係ないって意味じゃないです」

「百万年早いよ」

黒沢は新しいマイルドセブンに火をつけてから、ゆっくりとそう言った。野崎は自分の背中にすっと冷たいものが走るのを感じた。

「こういうときに必要なのは、年上の、そこの場を奢ってくれる人が何かを聞いたら、好きでも嫌いでも、面白いでもつまらないでも、何かを必ず答える。それが当然の礼儀」

野崎は言い返したかった。こっちだって好きでこんな場に来たわけじゃない。なんでそこまで言われなくちゃいけないんだ。

しかし黒沢はそんな野崎の思いなど最初から気にもしていないように続けた。

「だいたいシューサンは今、自分のことミュージシャンって名乗れるような仕事してないじゃん。百万年早いよ」

黒沢はまた同じ言葉を繰り返した。いよいよ言葉が出なくなった。野崎は今の今まで、酒と緊張で真っ赤になっていたはずの顔が、一気に真っ白になっていくのを実感した。

「黒沢、今日はこのへんにしよう」

やがて浅田が静かにそう言った。野崎はそのとき初めて、自分が音を立てずに泣いていたことに気がついた。


目が覚めたとき、一瞬にして体中に鳥肌が立った。やばい、いま何時だ。目が悪く時計の表示がすぐに目に入らないが、確実にいつもより寝過ごした感じと、カーテンの外の雰囲気から、とっくに昼過ぎになっていることはわかった。起き上がろうとするが、頭がひりひりと痛み、体にぼんやりとした塊が押し付けられているような気がする。やってしまったか。仕事に遅刻したことを考え、ぞっとした。

そして直後に、そうか今日は土曜日だったかと、こわばった体からゆっくりと力を抜いていった。ほっとすると同時に、頭がじんじんと痛み出した。

昨日はいったいどのくらい飲んでいたのか、まったく記憶がない。さすがに吐くまでには至らなかったが、トイレでげっぷをしたら、酸っぱい泡が少し噴き出してきたことは覚えている。

終電間際の電車に駆け込んで、どこかで東西線に乗り換えたはずだが記憶がない。門前仲町からどうやってアパートにたどり着いて、何をどうやってベッドに潜り込んだかも覚えていない。

Tシャツだけでも大丈夫だが、四月になってもまだ少しだけ肌寒い。

のそのそと起き上がると、玄関のほうから、同じくのそのそと猫のディオンヌが起き上がって、面倒くさそうに近寄ってきた。そしてトンとベッドに乗って、確かめるように野崎の鼻先の匂いを嗅いだ。そして「ふん」とつまらなそうに玄関へと戻って行き、ぴちゃぴちゃと水を飲んだ。

片手を床について、必死にテーブルにもう一方の手を伸ばして携帯電話を摑《つか》み、床のほうの手をとんとついて、反動でまたベッドに戻った。布団の中でいちばん頭の痛みがひどくなくなる体の向きを見つけてから、携帯電話を開く。メールが麻由子《まゆこ》から届いていた。

「ごめん、寝ちゃってた。何かあった？」

意味がわからずメールの着信時間を確認すると、今朝の七時だった。自分から麻由子にメールをした記録はない。よく見ると昨夜の二時前に、自分から麻由子に電話をかけていた。ぼんやりとした頭で考えると、きっと酔ってアパートに戻ってきて、ろくに会話をすることもできなかったのだろうが、麻由子にその夜あったことを話したくなったのだろう。そして電話をかけ、応答がないのでそのまま寝てしまい、そのことを忘れてしまった。

野崎は大きく溜息をついた。同時にこめかみのあたりがズキズキと痛み、体を折り曲げてその苦痛に耐えた。

昨夜の出来事がまだ信じられないでいる。あの黒沢光に出会った。ファンだったわけではないが、黒沢の音楽は当然だいたい聴いている。ロック色が強いから直接影響されたことはないと思うが、好きだった曲もある。テレビでの軽妙な喋《しゃべ》りに笑ったこともある。

そんな黒沢と、同じ場で酒を飲めた。不本意なものとはいえニックネームまでつけてもらった。ここまでだったら、麻由子やミュージシャン仲間や学生時代の友達にでも、自慢を隠しつつも楽しくその経緯を語ったことだろう。

しかし、いったいどれくらいの時間だったのか、おそらく一時間くらいだったとは思うが、最後の悪夢のような時間を思い出そうとすると、頭だけでなく体全体が拒否反応を起こす。いや、言われた言葉はしっかり覚えている。でもその言葉を改めて頭の中で文字にしたくはない。

今日はこのまま布団をかぶって一日を終えようと思ったときに携帯電話が鳴った。麻由子だろう。

「イエーイ」

え？　その陽気な男の声に、野崎は慌てて携帯電話の画面を見た。そこには麻由子の名前はなく、見知らぬ一一ケタの番号が記されていた。

「イ、イエーイ」

野崎はおそるおそる、しかしつられて電話口にそう返事をした。そのときに、声の主がわかった。

「黒沢です。イエーイ。昨日ありがとねー」

「はい、あ、ありがとうございました」

野崎は布団をはねのけるようにして、ベッドの上で正座をした。

「シューサン、今日ヒマ？」

「ヒマです」

野崎はすかさずそう答えてから、本当に自分に予定がなかったかと慌てていた。

「じゃあさ、昨日の店、場所覚えてる？　あそこで飲もうよ。七時でいい？」

「伺います」

野崎は呆気《あっけ》に取られたままそう答えた。

「イエーイ、待ってるねー」

「イエーイ、です」

電話は一方的に切れた。野崎はすっかり二日酔いの頭痛も忘れ、ひたすら混乱してベッドの上にぺたんと座ったまま動けなかった。そして思った。昨夜、俺は黒沢さんを怒らせたのではなかったのか？

野崎はまた手を伸ばすとセブンスターを手にし、大きく息を吐いてから火をつけた。


二日続けて西新宿の「あみどん」のドアを開けた。「いらっしゃいませ」と近寄ってきた店員に「あの、黒沢さんと」と告げると、笑顔で奥の座敷へと案内された。黒沢は昨夜同様、牢名主のように奥に座っていた。斜め隣には野崎と同い年くらいの女性がいた。

「イエーイ、シューサン」

「あの、昨夜はその、失礼しました。よく覚えてないのですが、ご迷惑を」

「何飲む？」

黒沢は野崎の謝罪の挨拶をはなから聞いていないように言った。

「あ、じゃあビールいただきます」

「それでいいけど、昨夜はビールの飲みすぎじゃない？　途中で日本酒飲もうよ」

「日本酒、強くなくて」

「大丈夫、俺も強くないから」

嘘《うそ》つけ。野崎はそう思いながら黒沢の左斜め前に座った。目の前に女性がいる。野崎が軽く会釈をすると、女性もにっこりと微笑《ほほえ》んだ。顔はあまり可愛いとは言えないが、愛嬌《あいきょう》があって、何よりも赤のカーディガンの下の、チューブトップからこぼれそうなくらいの大きな胸がいやでも目を引く。

黒沢さんの恋人だろうか。確か結婚はしていないから、どんな女性を連れていても問題はないが、ロックミュージシャンとして、あるいは愉快なタレントとしても、もう少し「ちゃんとした」女を連れているべきではないかと思った。それこそ、これだけの有名人なのだからモデルや女優を連れていてもいいし、さらにはこんな、酔ったサラリーマンが「あれ、黒沢光じゃん」とすぐに指差すような居酒屋で飲むべきでもない。

そのへんの感覚が有名人としておかしいのか、それとも業界人然とするのを好まず、普通の人として正しくいようとしているのか、野崎には計りかねた。

「こっちはシューサン、ネクストマンデイって知ってる？」

黒沢がマイルドセブンを口にしながら巨乳に聞いた。すると巨乳は愛想良く微笑みながらも、

「ごめんなさい」と首を横に振った。

普通の飲み会ならばよくある光景だ。音楽とは関係がない学生時代の友人たちと飲んでいるときなど、初対面の連中がいると「こいつ、メジャーデビューしてるミュージシャンなんだぜ。ネクストマンデイってわかる？」と聞き、「え、知らない」と無神経に遠慮なく答えられ、野崎が悔しさ以上に呆《あき》れながら「大丈夫、売れてないから」と自虐を言う現場。

もはやそのやりとりにも慣れたものだが、いまはやや事情が違う。ミュージシャンの黒沢の恋人なら、仮に若手ミュージシャンの名前を知らなくても、「それなりの」返事の仕方があるはずだ。しかし目の前の巨乳は、悪気もないぶん、思慮も足りない。

まあいまはそんなことより、昨日のことをきちんと話し、謝罪しなくては。

「黒沢さん」

「シューサン」

呼びかける言葉が同時になった。野崎が「あ、どうぞ」と促すと、黒沢は黒いサングラス越しに野崎を見て、ふっと笑った。

「あのさ、俺たち友達になったほうがいいと思うんだよね」

何を言われているのかわからなかった。一二歳も年上の有名人が、なぜ自分のようななんでもない男を？　いやそれ以前に三八歳の大の大人が言う台詞《せりふ》か？

「友達、ですか」

「うん、友達」

黒沢は照れた様子もなく、しっかりと頷いた。

「僕なんか、その、黒沢さんに友達と言っていただけるような」

「じゃあこれから友達ってことで。イエーイ」

黒沢はまたしても野崎の言葉を遮って、ビールのグラスをかちんと当てた。

「あ、はい」

「友達になるために、週に三度は飲まないとね」

「週三ですか⁉」

「あれ、そっちもシューサンじゃん」

黒沢はそう言うと、愉快そうにケラケラと笑った。

「え、二人って友達じゃなかったの？　いまから友達？」

巨乳が二人の顔を見比べて言った。すると黒沢はぐっと野崎に体を寄せ、その肩を組むと巨乳に向かって「イエーイ」とVサインを出した。

「その、よろしくお願いします」

突然がっしりと肩を組んできた黒沢の手に、野崎は妙にドキドキしながら、巨乳に向かって頭を下げた。

「いいなあ、私もなりたい」

巨乳が言った。すると黒沢は今度はぐるっと巨乳のほうに半周して、野崎にしたのと同じようにその肩を抱いた。

「なろうなろう。名前、何ちゃんだっけ？」

野崎はその言葉に引っかかった。どういう意味だ?

「さっき言ったじゃないですか。キョウコです」

「キョウコちゃん、そうだったそうだった」

そして黒沢は、そっとキョウコの耳元で野崎に聞こえない一言を囁《ささや》いた。

「あの、キョウコさんって」

野崎が怪訝《けげん》に思ってそう聞くと、黒沢は自分の座布団へ戻り、ヒラメの刺身を三枚同時に口に運びながら言った。

「さっきこの店で話しかけてきた子。女の子と二人だったから、こっちに合流しなよって言ったんだけど、友達は帰っちゃったんだよね」

「あ、黒沢さんだって思わず声だしちゃったら、誘ってくださって」

巨乳はそう言うと野崎に頷いた。野崎は「そうですか」としか答えられなかった。黒沢は野崎に顔を向けながら巨乳の胸元に目をやってから、「そういうこと」とグラスを傾けた。


「すごく楽しそう」

ベッドの上で麻由子はそう言うと、くくくと笑いを堪えるようにして、その肩や二の腕の柔らかい肌の振動が、そのまま野崎に伝わってきた。

「勘弁してよ」

野崎はセブンスターに火をつけると、大きな溜息とともに煙を天井のほうへ吐き出した。

黒沢と出会って三週間が過ぎ、野崎は本当に週三ペースで飲みの席に呼び出されるようになった。おかげで、麻由子とこうやって過ごすのも少し時間があいてしまった。そして、麻由子との久しぶりの会話のほとんどは、黒沢との飲みの席での出来事ばかりになった。

「結局その後も、酔って説教されてたまったもんじゃなかったんだぜ」

「どんなこと言われたの？」

麻由子は少し体を起こし、目元にかかる前髪を指先でかきあげて言った。行為を終えたばかりだが、野崎は麻由子の仕草と視線の色っぽさと、薄手の羽毛布団から現れた肩と、先ほどさんざん顔を埋《うず》めたはずの白い胸元に、改めてどきどきした。

「なんだったっけな」

野崎は照れ隠しに手を伸ばして灰皿をたぐりよせると、わざとのんびりした口調で言った。しかし実際に、野崎も酔っていたのでなぜ説教が始まり、どうその話が進んで、最終的に「イエーイ」と収まっていったのかが、どうにもはっきりしなかった。もしかしたら、黒沢のほうも同じようなものだったのかもしれない。

「あ、そうだ。黒沢さんの曲で好きなやつを言っちゃったんだ」

別にお世辞を言おうと思ったわけではなかった。しかし、二日続けて膝をつきあわせるようにして飲んでいるのに、これほど高名なミュージシャンのその人自身の話をしないのは失礼だと思った。正直なところ、黒沢が一五枚出しているフルアルバムと、そこに収録されていないシングル曲を全部合わせて、野崎が聴いているのはその三分の一程度だった。黒沢さんのアルバム「過酷な恋愛」が好きです、曲だと「稲妻のように五月雨のように」が沁《し》みます、と話し始めたところはよかった。実際に野崎は、そのアルバムが好きで聴き込んでいたからだ。しかしすぐに知識もネタも尽きてしまう。そのとき野崎は、聴いていない他のアルバムや曲の話になってボロが出ないようにと、あえて苦手なアルバムと曲も挙げてみることにした。それは、「それだけ聴いてますよ」というアピールのつもりだった。

　アルバム「ディスティネーション」はあんまり黒沢さんっぽくないっていうか、やっぱりアレンジャーの色が少し出すぎたかなって感じがします、でもその中の「ア・ガール」は好きですよ、黒沢さんのボーカルがきちんと前に出てたし。

　黒沢は「そっかそっか」と一度は笑ったが、ゆっくりとマイルドセブンを一本吸い終わったところで、サングラス越しにじっと野崎を見つめた。

「そこから延々、説教」

　肩をすくめる野崎を、麻由子は小首をかしげて見た。野崎は同情してもらえるかと思ったが、その目線は「怒られて当然でしょ」と語っていた。野崎は少し戸惑った。本当に自分が怒られて当然のことを黒沢にしたのか、それとも麻由子への説明の仕方が悪く、状況が伝わらなかったのか。

「でもよかったね」

　野崎の戸惑いを察したかのように、麻由子は笑みを向けた。

「何が？」

「だって周ちゃん、黒沢さんにすごく気に入られたってことでしょう」

「そうなのかなあ」

野崎はうーんと唸《うな》ってみせた。確かに説教は三〇分は続いたかと思うが、その後は、キョウコのこれまでの男性経験を聞き出しては、黒沢と野崎がその相手の男についてコメントするという、他の客には聞かせられないくらいの下品な会話でおおいに盛り上がった。

そしていざ勘定という段階で、野崎が「昨夜もごちそうになってますので、少し出させてください」と財布を取り出すと、黒沢は最初からその気はないとばかりに、「俺さっきそこで百万円拾ったから」と財布をしまうよう手を振った。

「かっこいい」

麻由子がふふっと笑った。野崎はふと、麻由子にそう言われる黒沢に嫉妬したが口には出さなかった。

「でもちゃんとひどいオチがあって、その後でトイレに行って戻ったら、黒沢さん、とっくにキョウコちゃんと二人で消えちゃってたよ」

野崎がそう言うと、しばらくして麻由子は「ははは」と声をあげて笑った。クッションの上で眠っていたディオンヌが、うっすらと目を開けてベッドのほうに首を向けた。

あの日　赤くした瞳の理由を
見なかったふりをわざとしていた

あの日　後ろから抱きとめて
待っているその言葉
かけなかったことを悔やんでるんだよ

世間は今日も騒々しい
正義と善意が言い争ってる
ときどき心が持ってかれそうで
君の姿が杭になってくれる

あの瞬間にいつも戻りたくて

昨夜、行為を終えてしばらくベッドの中で黒沢の話をした後で、麻由子は一人起き上がるとシャワーを浴び、下着姿でバスルームから出てきた。そしてデニムのミニスカートにピンクのブラウス、その上にグレイのサマーニットを着ると、「じゃあ帰るね」と野崎に手を振り、続けて「ディオンヌまたね」とディオンヌの額を撫《な》でると、野崎の部屋を出て行った。

麻由子は東西線の落合に住んでいるので、野崎の住む門前仲町からは乗り換えなしで帰れる。ふだんは三回に二度くらいの割合で、野崎が麻由子の部屋を訪れている。その頻度は、月に一度のときもあれば週に一度くらいのときもある。ただし互いの部屋に泊まることはなく、必ず電車のあるうちにどちらも帰る。

野崎と麻由子は大学の同級生で、大学二年から四年にかけての恋人同士でもあった。よくある話だが、野崎がネクストマンデイとしてデビューした後で、時間的にも、そして野崎にとっては気持ち的にも、すれ違いが大きくなっていき、自然消滅的に別れた。そしてこれもよくある話だが、そのころ野崎は相手が音楽関係者でもファンでも、お世辞にも女性関係は真面目だったとはいえなかった。

一年半前に野崎から連絡を取って再会し、食事をするようになり、やがて体の関係が戻った。しかし恋人同士に戻ったわけではない。少なくとも野崎はそうは思っていない、いや、思わないようにしていた。麻由子もそんな野崎の気持ちを察しているのか、好きだとかつきあうといった男女の約束事に関する言葉を口にすることはなかった。

互いの部屋に泊まらないようにしているのも、どちらからともなく、そうするようになっていた。待ち合わせから行為後まで、いまや親友のように振る舞うかつての恋人同士も、そのどちらかだけが服を着ているときには妙に気まずい空気が流れる。そして互いにそれを察知しながらも、あえて気づかないふりをしている。

野崎はときどき、麻由子に「またちゃんとした恋人同士に戻ろう」と告げたらどうなるだろうかと考える。しかしいまの自分は、お金のこともキャリアのことも何よりも自分自身の自信やプライドの点からも、そんなことを言える立場ではないと思っていた。仮にそこを我慢して告白したとしても、それを理由に麻由子に断られたらとても冷静ではいられないだろう。

そして野崎はもうひとつ、自分のいやらしい部分を自覚していた。もしまたミュージシャンとしてある程度の成功を収められるようになったら、きっとかつてのように他の女に目移りしてしまうだろう。かつてより、もっといい思いができるかもしれない。そのときのために、麻由子との関係を「確定」させておかないほうがいいとも思っている。

ずるくて卑怯《ひきょう》で最低だ。野崎は自分でそうわかっていながらも、麻由子に甘えてしまう。

「野崎くん、明後日の黒沢の野音行く？」

昨夜の麻由子の姿を思い浮かべながら、浅田や他の作詞家、作曲家が手がけた曲のラジオでのオンエア情報をまとめていると、事務所にやってきた浅田が声をかけた。浅田は作詞活動は自宅か喫茶店などにこもってするので、事務所には連絡ごとや打ち合わせのときにしか顔を出さない。

「野音、やられますね」

二日後にライブを控えているのに、野崎が黒沢と飲んだのは三日前だった。ベテランだから自分の体調管理くらい慣れたものだろうが、野崎は黒沢のその余裕ぶりに改めて感心した。野崎自身は、デビュー当時もいまも、ライブが決まるとほんの少しの出番でも何日も前からずっと緊張している。

「誘われてたんだけど打ち合わせで行けなくなってね。そうしたら代わりにシューサン寄越せってさ」

浅田は愉快そうに笑みを浮かべて言った。浅田も黒沢が野崎を気に入ったことを喜んでいるようだった。

「そうですか」

野崎は自分でも嬉《うれ》しいのか困っているのか、誇らしいのか面倒臭いのか、よくわからない気持ちで頷いた。

するとそのとき、タイミングよく野崎の携帯電話が鳴った。着信を見ると「黒沢さん」とあった。野崎は「あ」と声をあげてしまい、携帯を握りしめて浅田を見つめた。浅田はその野崎の様子から、電話の主が誰だか察したようで、噴き出しそうな顔になって、早く電話に出てやれというそぶりをした。

「もしもし」

「イエーイ、シューサン」

「イエーイ、です」

「今夜ヒマ？　飲もうよ」

「飲もうよって、いま浅田さんと話してたところですけど、明後日野音でしょう？」

野崎が呆れつつも驚いてそう言うと、浅田は「ふふっ」とついに噴き出して、そのまま野崎に手を振って事務所を出て行った。

「そうだよ。シューサン、そっちも来るよね」

「伺わせていただきます。でもそんな直前で」

「今日さ、いつものとこじゃなくて六本木にいるから、八時くらいに電話してくれる？　どっか場所決めとくから」

野崎の言葉をまるで聞いていないかのように黒沢はそう言った。

「わかりました。六本木でお電話します」

「イエーイ、待ってるね」


黒沢のような有名人が六本木で飲むならば、きっと会員制、もしくは一見《いちげん》の客が入りづらいような店だろうと思っていたが、教えられたところは多少高級そうではあるがいろり焼きの店で、黒沢はやはり座敷席にあぐらをかいて座っていた。

野崎が店員に案内されて奥へ進む際にも、少なくとも二つのテーブルで「黒沢光がさ」と、奥にいる有名人のことを話題にしている声が聞こえた。野崎はそんな人が自分を待っていることに、誇らしさと同時にいまだに不思議な気分を味わう。

小上がりの座敷に、黒沢は一人座って日本酒をコップで飲みつつ、マイルドセブンをうまそうに吸っていた。

「いいんですか、ライブ前なのに」

「だって明後日じゃん」

野崎が挨拶をして座ると、黒沢は平然とそう答えてにっこりと笑った。最近わかってきたが、野崎はどうも時折見せる黒沢のこの笑顔に弱い。きっとそれは、女性もそうなんだろうと思った。しばらく二人で飲みつつ、さざえの壺焼《つぼや》きやあん肝のポン酢和《あ》えをつまんで、野崎が質問する形で黒沢のライブのセットリストや演出について聞いていた。すると二〇分ほどして、最初に黒沢に会ったときに同席していた、編集者の広田がやってきた。

「遅くなっちゃったりなんかして失礼。あらあらこれはシューサン、相変わらずシューサン?」

前回同様の変わった口調で野崎は面食らいつつも、「はあ」と頭を下げた。後から浅田に聞くと、広田は黒沢と浅田の二つ年上で、若手の編集者時代から音楽関係に強くつきあいも長く、二人の信頼も厚い。昨年には「カスタマイズ」という雑誌を自ら立ち上げて編集長を務めていると聞き、野崎は目を丸くした。カルチャーとファッションを扱うその雑誌は、野崎も愛読していて、まさかその創刊編集長ががっしりとした体つきの、こんな妙な口調の男だとは思いもしなかったからだ。

「黒沢ちゃんに三分かっきりで話があるんで、ちょっとごめんね」

広田は野崎にそう言うと、野音でのライブに「カスタマイズ」誌と同じ出版社の「エージェント」という男性誌が取材に入る件を伝えた。事務所やマネージャーには話は通してあるけど、直接言いにきちゃったりしてと本当に三分で説明すると、ちょうど運ばれてきたレモンサワーを半分ほどごくごくと一気に飲んだ。

「シューサンも今度広田さんのとこでインタビューとかしてもらいなよ」

黒沢が言った。野崎はいえいえと首を横に振った。

「僕なんかCDも出してないし、ライブもたまにしか出てないし、それもワンマンじゃないし」

「簡単に言うと売れてないってことだね」

黒沢が平然とそう言い、野崎は「はあ」と素直に傷つきつつうなだれた。

素直にうなだれているうちは良かったが、時間が過ぎて酒が進むと、他の話をしつつも黒沢の「売れてない」という言葉が、アルコールと一緒にぐるぐると蠢《うごめ》きだしていった。

「黒沢さん、一昨年の新作ってどのくらい売れたんですか」

野崎は黒沢が注ぐ何杯目かの一ノ蔵に口をつけながら言った。頬がかっと赤くなっているのは自覚していたが、このとき、サングラスの奥の黒沢の目つきが少し変わったことには気づかなかった。

「教えてもいいけど、シューサンのも教えてよ」

黒沢はのんびりとした口調で言った。広田はそんな黒沢のグラスに、ゆっくりと一ノ蔵を注いだ。野崎は口を尖らせ小さく首を横にぷるぷると振った。

「僕なんか、全然売れなかったですから」

「ちょっと待ちなよ」

黒沢はにこやかな顔のまま言った。広田はこの状況を予測していたようにそっと肩をすくめた。しかし野崎は「流れ」が変わったことをまだ察知できていなかった。

「人に聞くなら自分のことをまずちゃんと言いなよ」

「そんな、僕とは違うレベルなんですから、普通にメジャーで普通に売れてる人の数字ってどうなのかなって、参考に教えていただければ」

野崎がそう言うと、広田はすっと息を吸い込んで、立ち上がりながら黒沢に言った。

「そんじゃあ黒沢ちゃん、僕って者は編集部戻らなくちゃだったりするんで、このへんで。ライブ、いいのはとっくに知ってるけどそれでも楽しみにしちゃったりしてるんだもの。じゃあシューサンもまた明後日。ではでは」

広田は喋りながら荷物をまとめ、さらにはさりげなく伝票も掴み、別れの言葉を言い終わるときには座敷を降りて靴をはき終えていた。黒沢は「またねー」と手を振り、野崎は座布団の上に正座して「おつかれさまでした」と頭を下げた。

「だいたいどのくらいか知ってる?」

広田が視界から消えると、黒沢は静かに話を戻した。

「そうですね、黒沢さん、もちろん九〇年代すごいのもあったの知ってますが、最近は五万から一〇万の間くらいですか」

二〇〇〇年代に入って急激にCDの売り上げは落ち込み始め、しかも一昨年から本格的な音楽配信サービスが始まり、その傾向はますます強くなっている。いまはCDすら出していない野崎だがやはりそのことは気になっており、たまにライブハウスに出演すると、楽屋での他のバンドの連中たちもそのことを気にしていて、しかしあえて深刻にならないように普通の世間話をしていた。

「だいたいそのとおりだね」

「俺もミリオンが山ほど出たころにやってたかったなあ」

「やっぱり売れたいよね」

黒沢が優しい顔で言った。完全な「誘い水」だったが野崎は気づかなかった。そしてたったいま自分で言ったことと真逆のことを口にした。

「いや、売れればいいってもんでもないじゃないですか」

「そう？」

「そうですよ。だってアンローグでもブルカニでも、あんなの楽しそうに見えます？」

野崎は必ずヒットチャート上位にランクインし、音楽番組でも馴染みのロックバンドを例に挙げた。

「だったら俺の周りにもいっぱいいますけど、ちゃんと自分のやりたい音をブレずにやってる連中のほうがマシだし、俺もそっちのほうがいいです」

「百万年早いよ」

黒沢が静かに言った。そしてマイルドセブンにゆっくりと火をつけた。野崎はようやく、自分がとっくに「失敗」していたことに気がついた。しかしもはや遅すぎた。

「シューサンは仲間だと思ってるかもしれないけど、その周りの連中は、シューサンのことは仲間だと思ってないだろうな」

黒沢は抑えたトーンで、しかしはっきりとした意思を持って野崎にまっすぐ言葉を向けた。野崎は「え」としか言えなかった。

「そんなガキみたいなこと言ってる時点で駄目なんだよ。そのとおり、一〇〇〇枚と売れてないけどいい音楽をやってる連中はいっぱいいる。だからといって連中だけが正解じゃない。一〇〇万人が買いたくなる曲を歌えることも、とてつもない才能だ。売り上げがいつも一万枚くらいだが、その一万人の確固たるファンを絶対に離さない奴もいる。そして俺のようなタイプもいる」

「はい」

野崎は居住まいを正して、黒沢の話に頷いた。

「でもどんな連中でも、売れることは関係ないなんて言わない。売れたから自分の曲が薄まったなんて言わない。真摯に音楽をやって一〇〇〇人でも一万人でもファンを確保して、売れるために彼らを裏切るような真似《まね》はしない。しかし、信じたやり方でその数が一〇〇万になったらいいと誰だって思っている。そこを正直に言えない奴は、プロとしてまだスタートラインにすら立てない」

黒沢はそこで、自分の言ったことを訂正するように一度首を横に振った。

「音楽の世界に限らず、そんな奴はアマチュアで、嘘つきだ」

頭の中に流れ込んでくる黒沢の言葉に、野崎はどのへんなのかわからないが、なんとなく喉の奥あたりにありそうな、体の繊細なところを思い切りぐっと握られたような感触を味わった。

「正直に言えよシューサン。本当はセリザワになりたいんだろ？　アンローグやブルカニみたいな位置に立ってみたいんだろ？　そこからの景色が見たいんだろ？　だから音楽始めたんだろ？」

「はい」

ふと気づくと、目の前がじんわりと滲《にじ》み始めていた。

「じゃあシューサンはまず目の前の一〇〇人を納得させるところから始めなくちゃダメじゃん。まだ他の売れてる奴にとやかく言う資格はないよ」

「はい、でも」

「でも？」

これ以上口を開くと、涙がこぼれそうだったが野崎は必死に我慢した。

「僕も本当は売れることがどうでもいいなんて思ってないです」

「そうなの？」

「これは黒沢さんとの、この場を盛り上げようと思ってのことで、そもそも、こういう話を振ってきたのも黒沢さんじゃないですか」

「だから？」

「だから、本音じゃなかったってことです」

野崎がほとんど鼻声になりつつそう言うと、黒沢は煙草の煙を吐き出しながら、そのマイルドセブンを灰皿に押し付けた。

「ちょっと待ちなよ」

黒沢が鋭い声で言った。おそるおそる黒沢のほうを見ると、サングラス越しにもその目が強くこちらを睨《にら》みつけていることがわかった。野崎はひゅっと腰のあたりに冷たいものが走るのを感じた。

「そうですね僕も頑張ります、ってすぐにシューサンが言わないから話が長引いてんじゃん。あのね、シューサンはなんでも頑《かたく》なすぎなんだよ。なんか知らないけど、自分が決めたことが正しいって思い込みすぎ。でもそのルールでうまくいってないんだから、他人の言うとおりにすればいいんだよ」

「でも」

「でも何？　それじゃ自分の意見とかポリシーとか、そういうのが汚されるとでも思ってる？シューサンには汚されるほどの意見もポリシーもないって話をしてんの。百万年早いよ」

野崎はすっかりうなだれた。目線の真下の、何と書いてあるのかもはや判然としない、勘亭流の漢字が躍る座布団に、こぼれる涙で大きな染みができ始めていた。

そこへかなり高音の女性の声が響いた。野崎はそこから、頭の上で交わされる会話を周波数の合わないラジオを聞いているような気分で耳にしていた。

「やだー、黒沢さん久しぶりー、電話嬉しかったあ」

「ミノリちゃん相変わらず可愛いねえ」

「またまた、一年以上ほったらかしでしょ。すごく太ったんだから」

「女の言う太ったはだいたい男にはいい意味なんだけどね」

「あ、黒沢さんのそれ聞くのも久しぶりだなあ」

「当然、いやらしい意味だよ」

「知ってる。エロ中年だもんね。ねえ黒沢さん」

「ん？」

「彼、なんで泣いてるの？」

「なんかね、初めて鯵《あじ》のなめろう食って、おいしくて涙が止まらないんだって」

「ふーん、変だけどなんかいい人そうね」

「そう、いい人だから仲良くしてあげてね」

「名前は？」

「シューサン」


黒沢に呼び出され、酒を飲み、説教をされ、落ち込んで記憶もおぼろなまま帰宅して、翌朝心身ともにぐったりとして起き上がるということが、いつのまにか野崎の生活の中でごくあたりまえのこととなっていた。

ときどき自分でも冷静に考える。別に黒沢に呼び出されても、直接の利害関係はないのだから断っても問題はない。断るのに多少の勇気もいるし、その後で浅田にそのことについて説明や釈明をしなくてはならないのも、想像しただけでうんざりする事態ではある。しかし、一度断ってしまえば、惨めな気持ちにさせられることもなければ、こんな風に気持ち悪い朝を迎えることもない。

何かメリットがあるだろうか。確かに、有名人であり一流のミュージシャンである先輩と酒を飲みながら目の前で直接話ができることは、なかなかできない経験ではあるが、それと引き換えになるものが大きすぎる。

それでも会うのは、どれだけ怒られても、どれだけ責められても、黒沢の「人たらし」な面にやられてしまっているのだろう。

昨夜も、酒でベロベロになり、涙でぐちゃぐちゃになり、違う話でまた盛り上がり始めてフラフラになった後で、黒沢はマネージャーの堂上《どのうえ》が迎えに来てさっと先に帰っていった。野崎が財布をバッグから取り出していると、「いいからいいから、もう少しミノリちゃんと飲んでいきな。俺、さっき百万円拾ったから使わないと財布が重くて」と、いつものお得意のフレーズで、とびきりの笑顔で手を振っていた。

新興宗教っていうのは、こうやってハマっていくものなのかな。野崎はそう思うとおかしくなって、ベッドに腰かけてセブンスターに火をつけた。すると、そのタイミングを見計らったように携帯電話が鳴った。

「シューサン、起きてた？」

昨夜のミノリちゃんだということはわかった。しかし、すぐにはミノリちゃんとの記憶が辿《たど》れなかった。野崎が「ああ」と絞り出すように返事をすると、ミノリは「ははははは」と起き抜けにはいささか辛《つら》い高音で笑った。

しかしおかげで、少しずつ頭の中に昨夜の光景がよみがえってきた。

泣いて笑って酒に酔って、終盤は黒沢がミノリちゃんを褒め出し、挙句に「シューサンもちょっとおっぱい触らせてもらいなよ」と促し、ミノリちゃんが笑ってつきだす胸の先をキャミソール越しに指先でつんつんと突《つつ》いたりもしていたはずだ。

そして黒沢は「ダメダメ、先に帰るけど二人はまだ飲んで行くこと。もう一軒は絶対で」と言って去って行った。そして言われたとおり、ほぼミノリちゃんに押し切られるように、腕を組まれてぎゅっと胸を押し付けられたこともあり、野崎はミノリちゃんといちばん近くにあるチェーンの安居酒屋に入った。

そこでいろいろな種類の酒に慣れていない野崎は、再びビールを飲み始めた。ミノリちゃんもろれつが回らないくらいに酔っていて、頭の片隅で、このままラブホテルとか行くことになるのかな、でもお金もないし、ミノリちゃんの部屋が近くだったらいいんだけどと、そんなことを考えるようになっていた。

そんな性欲が一気に萎《しぼ》んだのは、ミノリちゃんが何かのきっかけで「私、黒沢さんとつきあってたんだよね」と言ったときだった。そうか、なんでそんな簡単なこと、あたりまえのことにいままで気づかなかったんだろうと、野崎は自分の酔っ払いぶりと間抜けさに呆れた。

しかしミノリちゃんは逆だった。そんな話をした後で、「この後、どっか行く?」とわかりやすく野崎を誘ってきた。野崎の頭の中はまた混乱した。セックスはしたい。しかし黒沢さんの過去の女だ。先ほどから何度も触れた胸の誘惑に乗ってみたい。いや酔った勢いで後悔するのは目に見えてる。自分の中ではだんだん、このままミノリちゃんと行くかやめるか、半々になってきた。しかし最終的に、後で黒沢さんに「昔のとはいえ、俺の女に手を出したのか」と怒られるのではないかという危惧が勝った。

野崎は「終電なんで」と勘定を済ませると、店を出るなり「じゃあ」と六本木駅までダッシュし、なんとか門前仲町まで辿り着き、そしてアパートに戻って行き場のなくなった性欲を一人で解消すると、シャワーも浴びずにそのまま眠ったのだった。

「起きたばっかです」

昨夜、眠る前に明日は土曜日だと安心し、アラームをかけなかったことは覚えていた。HDDデッキの表示を見ると、もう午後一時を回っていた。一二時間近く寝ていたことになる。

「ごめんね早くに。でも私、今日あいてるから、シューサンどうかなって」

「えっと、今日」

「うん、今日」

野崎はそっとセブンスターの煙と一緒に大きく息を吐き出し、いまのところ頭の中にこれっぽっちも浮かんでいない昨夜の記憶を手繰りよせようとした。

「あれ、忘れてる?」

ふだんならこういうとき、ある程度は覚えているふりをするところだが、二日酔い明けの寝起きだったので、ミノリちゃんの言葉に野崎は「ごめん」と素直に返事をした。

「昨日は帰って用事があるから、また別の日に二人で会おうって約束したじゃない」

「約束」

「したよ。覚えてない？」

ミノリちゃんは、おかしそうに、しかし同時に呆れたように笑った。

「ごめん」

「ひどいなー」

昨夜のように、また野崎は頭の中で、ミノリちゃんと会うべきか、やってしまうべきかを考えた。何の引っ掛かりもなければ自分から頼みたいくらいの女であるのは間違いない。しかし、やはり黒沢のことを考える。仮に黒沢が許したとしても、それでも後々に「兄弟」になった話でからかわれたくはない。

「ごめん」

野崎は再び同じ言葉を口にした。しかし今度は、覚えていないという意味でのごめんではなく、二人で会おうという約束を守れないという意味のごめんだった。ミノリちゃんは察しのいいほうらしく、すぐに野崎のそのニュアンスを汲《く》み取った。

「いいの、酔ってたからね。気にしないで」

「せっかく電話もらったのに、申し訳ないというか」

「それも気にしないで。私ももともとは、黒沢さんに言われたからだし」

「え」

え？　野崎はわけがわからず、セブンスターを灰皿に押し付けた。

「シューサン、いま彼女いないって言ってたから、いいんじゃないって」

意味がわからなかった。

「どういうこと？」

その問いのニュアンスに、今度はミノリちゃんが、野崎は何も知らされずにいて、いま軽くショックを受けていることを悟ったようだった。そして、すぐにそれが黒沢らしいと思ったのか、ふっと笑った。

「ごめんね、シューサン。私が最近寂しいんだって黒沢さんに久しぶりに連絡したの。そしたら、ミノリと同い年くらいのいい奴がいるから、飲むとき呼ぶよって。それでミノリが気に入ったら、お持ち帰りしちゃいなって言われてたんだ」

言葉が出なかった。やはりあの人は、どこかが、確実におかしい。

どこにいたのかディオンヌが突然前を横切って、キッチンの流し台にトンと乗った。そして蛇口の先に舌をつけ、ちょろちょろとこぼれてくる水を飲んだ。

「でも、今日電話したのは普通にシューサンにまた会いたいなと思ったからだよ。それは信じてね」

「うん、ありがとう」

野崎は携帯電話を耳にしたまま、ぺこりと小さく頭を下げた。そして、そんなミノリちゃんには話を長引かせず、正直なことをすぐに伝えておかなくてはと思い至った。

「すごく嬉しいし、ミノリちゃんと会ったら楽しいと思うけど、でもごめん、その黒沢さんの話を聞いたら、ちょっと会いづらい」

「普通はそうよね」

ミノリちゃんはそう言うと、くっくっくっと堪えるような笑い方をした。野崎もつられて笑った。

「黒沢さん、おかしいから」

ミノリちゃんがそう言うと、野崎は思わずまた噴き出し、「そうだね」と笑った。


よく晴れた日曜日の夕方、野崎は野外音楽堂で黒沢のライブを見た。

黒沢は最初の一五分、ただ一人登場するとひたすら喋り倒した。テレビでもよく知られているその話術の巧さの上に、ライブならではの下ネタや過激な話も織り交ぜて、スタンダップコメディアンのショーのように観客を終始笑わせ続けた。それだけでも充分、チケット代の元が取れそうだと野崎は思った。

そして話が終わるとバンドを呼び込み、ようやく演奏が始まった。しかしそこからはいっさい喋らず、曲紹介すらなく、二時間、二〇曲以上をノンストップで歌い続けた。

そして「アンコールなし、これで終わり」と一言だけ宣言してから最後の曲を歌いきって、手を振ると本当にそのまま別れの挨拶もせずにステージから去っていった。すっかり興奮状態の客席からはすかさずアンコールの拍手が起こりかけたが、その勢いをかわすように、場内にのんびりとしたイージーリスニングの音楽が流れ、これものんびりとした女性のアナウンスが、本日の公演はすべて終了ですと告げた。

ふっと緊張が抜けた客席からは、最初はまばらに、やがてすごい勢いとなって、ライブの感激を告げる拍手が沸き起こった。

野崎は気がつくと涙を流していた。もちろん、それはいつも飲み屋で流す涙とはまったく違うものだった。

きっと終演後の黒沢は疲れているだろうし、メンバーやスタッフとのやりとりや、招待客との挨拶などで大変だろうから遠慮しようかと思ったが、やはり自分も招待席で呼んでもらっているのだし、顔だけでも見せて帰ろうと、野崎はステージ脇の関係者入口から黒沢の楽屋のほうへと向かった。

案の定、舞台裏はかなりの人で賑《にぎ》わっていた。一昨日に名前が出たブルーカーニバルのメンバーたちをはじめ、有名なミュージシャンたちや、誰でも知っているテレビタレントなどもたくさんおり、黒沢の楽屋口は中が覗き込めないくらいだった。野崎は完全に気後れして端のほうに立っていた。

楽屋の中から顔馴染みの広田が出てきて、野崎に気づくとスキップをしながら近づいてきた。

「これはこれはシューサン、ちょうどよかったりして。僕って者はここで次の仕事行かなくちゃいけなかったりするんだけど、これの後、うちの『エージェント』って雑誌のインタビューが入るのね」

「はあ」

野崎は一昨日の飲みの席での広田の話を思い出して頷いた。

「でね、黒沢ちゃんからの伝言。シューサンも立ち会ってってって」

「僕、ですか。でも堂上さんとか」

「堂上ちゃんも、もちろんいたりするよ」

広田はいつものように、表情を変えずにそう言った。それは、「なぜ」と聞かせない妙な響きがあった。きっと、黒沢が勉強になるから見ておきなという意味で思いついたんだろうなと、野崎は思った。野崎が「わかりました」と頭を下げると、広田は「それじゃまたねー」とまたスキップをしながら出て行った。

それから四〇分ほど経って、ようやく舞台裏の喧騒《けんそう》が落ち着いてきた。野崎がそろそろかと楽屋口を覗《のぞ》くと、すでに招待客などは全員いなくなっていて、スチール椅子にTシャツ姿に着替えた黒沢が座っていた。「失礼します」と野崎が入っていくと、黒沢は「そのへん座ってて」と手振りで伝えてきた。

野崎はライブの感動を伝えたかったが、目の前には編集者とライターらしき二人が座っていて、その後ろではストロボ用の傘の位置を直しているカメラマンが、そしてそのさらに後ろには黒沢のマネージャーの堂上が立っている。すでに取材が始まっているようだったので、野崎は黙って扉の近くに座った。

「思ったより、若い女の子が来てるんですね」

どう見ても一サイズ大きなジャケットを着た、やたら毛量の多いライターが黒沢に言った。野崎はその最初に聞こえてきた一声目で、すぐに嫌いなタイプだとわかった。ちらと黒沢のほうを見ると、ライブ終わりの疲れもあるのか、その表情からはとくに感情は読み取れず、サングラスの奥の目線もわからなかった。黒沢は黙ったまま、こくりと頷いた。

「それに僕、もっとシンプルなロックというか、わかりやすい男っぽいサウンドだって思ってたんですよね。でも、実際のライブってバンドの方々との音が、けっこう重なってるっていうか、意外にちゃんとしてて、緻密に計算してるなって思いました」

これは特大級の奴だなと野崎は思った。野崎もデビュー当時はときどき、音楽雑誌や情報誌のインタビューを受けたことがあった。そのときに感じたのは、この業界にはけっこうな割合で、言葉遣いも礼儀もなっていない、無礼な人間が多いということだった。「結局、どこを目指してるわけ?」となぜか上からしか話を聞けない評論家、「わかるんすよねえ、俺も」などと勝手に同じ立場のように語りだす編集者、「聞きどころを読者に言っていただけますか」と取材の意味すらないことを質問するライター。

それでもこの髪の毛の多いライターは、とりわけひどい。野崎は不安になって黒沢を横目で見たが、しかし黒沢は気にしていないようで、平然と「ありがとう」と返事をした。

「それは俺も感じたな。やっぱり黒沢さんも、パワーとか勢いだけの時代が終わって、円熟の時代に入ろうとしてるんだと思う。なんか、まっとうだったよな」

特大級の馬鹿はもう一人いた。ライターの隣に座っていた、そこそこ高そうなスーツに白いシャツのボタンを三つ外している、おしゃれ無精髭《ぶしょうひげ》の編集者が顎に手をあてながら、ライターのほうを向いてそう言った。野崎は呆れるのを通り越して、黒沢が暴れ出すんじゃないかとひやひやし始めた。

「ですよね？」

無精髭が今度は脚を組み直しながら黒沢に言った。しかし野崎の心配は杞憂《きゆう》だったようで、黒沢は少しだけ小首を傾《かし》げてにこやかに言った。

「それは聴いてくれる人たちが、判断してくれればいいんじゃないかなあ。ミュージシャンはそのときどきの自分の中にあるものを、それまでの経験を踏まえて外に出すことしかできないからね」

野崎は心配から感心へと気持ちが変わっていった。相手がどれだけ失礼だろうが、こういう取材の場では黒沢は怒りを見せずにきちんと大人の対応をするのだと、ふだんの酒の席の姿に慣れている野崎は、かなりの驚きを持ってその様子を見ていた。

「いまＣＤが売れなくなってきてますけど、生活のほうはどうですか」

「とくに変わらないですよ。もともとそんなにお金のかかる生活もしてないし」

「でもやっぱり売り上げ下がると、ちょっとへこみません？」

黒沢が平然としているので、野崎はいちばん遠くの堂上を見た。堂上も顔に何の表情も出さず、ただこの場を見守るように立っていた。野崎は、そもそも「へこむ」などという言葉を、文字を仕事にしている人間が使うのが信じられなかった。

その後も、ライターの無礼な質問と編集者のわかったような合いの手は止まらず、しかし終始穏やかに答える黒沢とは逆に、野崎のほうがいらいらを募らせていく始末だった。

インタビューは三〇分ほどで終わった。それまでもときどきシャッターを切っていたカメラマンが、「立ちで一枚、決めの写真お願いします」と黒沢を、ストロボ前の白い壁の前に促した。

黒沢は言われたところに立ちながら、編集者とライターのほうへ声をかけた。

「その彼、ネクストマンデイの野崎周一郎くんっていうんだ。ミュージシャンなんだけど、今度彼にも取材とかインタビューとかしてあげてくださいな」

野崎は突然自分の話になったことに驚いて、立ち上がると編集者とライターに向かって、深々とお辞儀した。

「野崎です。ご挨拶遅れてすいません」

「バンドやられてるんですか」

ライターが量の多い髪をかきあげながら聞いた。

「前はバンドだったんですけど、名義だけ残していまはソロでやってます」

当然、ネクストマンデイなんて名前も知らないんだろうなと思いつつも、野崎は丁寧にそう答えた。

「どこですか」

ライターのその質問がレコード会社のことだと気づき、野崎は小さく頭を下げた。

「いまは契約できてなくて、ライブハウスでときどき歌ってます」

「へえ」

ライターの返事は、気持ちいいくらい失礼なトーンだった。そして横の無精髭が、顎に手をあてて言った。

「いやあ、ぜひ売れてもらって、うちの雑誌にも出てくださいよ」

怒りを通り越して、今度は泣きたくなってきた。野崎はふと黒沢を見たが、ストロボを焚《た》かれたその横顔からは、相変わらず彼らに対する何らかの気持ちも見て取れなかった。


それから一ヶ月後に、野崎自身の久しぶりのライブがあった。

新宿のライブハウスのオーナーが主催する、ふだんは顔を合わせないような、様々なジャンルのミュージシャンたちを集めるという、めずらしいイベントだった。フォーク、テクノ、アイドルポップまで七バンド共演で、持ち時間は各三〇分。野崎はバンド時代の曲を四曲、ソロになってからの三曲、ギターの弾き語りで一気に歌った。

自分は黒沢のような熱いロックンロールを歌うタイプではない。それでも、どこか黒沢の野音でのライブに影響されている自分に気づいていた。歌声や演奏を変えたわけではないが、どうしたら黒沢のように、聴く者の体のどこかをぐっと握ってくるような歌が歌えるのだろうとずっと考えていた。

そんな気持ちになれた自分が嬉しかった。しかし同時に、それができない自分が悔しかった。黒沢にあって自分にないものは何だろう。音楽のジャンルはまったく違うが、そのメロディーだろうか。演奏方法だろうか。それともそこにのせる言葉だろうか。

黒沢は作曲は全曲行うが、作詞は自作が半分、外注が半分といった割合だ。しかし、聴いているだけではどちらの詞かはわからない。それくらい、自分で詞を書こうと、たとえば浅田の詞であろうと、「黒沢の楽曲」として聴く者に飛び込んでくる。

そういえば、この数年で黒沢の詞を書くようになった浅田は、そのきっかけを「野崎くんに『君がお父さんになったら』を書いてからだよ」と教えてくれたことがあった。それまでは、野崎もそう思っていたが、浅田の書く詞は口当たりだけはいいラブソングや応援歌の類だった。しかし、確かに『君がお父さんになったら』以降、浅田の詞は変わった。情景がより鮮明になり、聴き手に「届く」ものになった。

そのおかげで、いまや浅田はうるさ方のファンを持つミュージシャンやバンドからの発注が増え、そしてファンもその詞を評価している。長年の友人だった黒沢も、最近ようやく詞を頼んでくれるようになったよと、浅田は照れたように笑っていた。

その変化の秘密は何だろう。野崎は改めて考えた。いつまで経っても明快な結論は出なかったが、たぶん、それまでと最近の違いは、その詞の世界と言葉が、きちんと浅田自身を一度通過しているからだろうとは思った。きっと、頭と手先で作ったものと、もっと肉体的なもの、あるいは心を通過したものは、同じような言葉やメロディーでも、きっとまるで違って聴こえるのだ。自分はこんな初歩的なことを、これまで一度も考えずに音楽をやっていたんだなと、野崎は改めて思い知って情けなくなった。

「野崎さん、今日かっこよかったっすよ」

出番が終わって、打ち上げは遠慮して帰る準備をしていると、今日の大トリのスカバンドの坊主頭で小太りのトランペット奏者が、そう声をかけてきた。顔見知り程度で、互いに感想を言い合うことなどなかったので、野崎は驚き、照れて「ああ、どうも」と、ごにょごにょと口ごもった。

その日の野崎のギャラは九千円だった。

七月になって最初の金曜日、野崎は麻由子と二人で、久しぶりに神宮球場の外野席にいた。大学時代につきあっていたころには、二ヶ月に一度くらいだが、ときどきスワローズ戦を見に行って、のんびり生ビールを飲むというデートをしていた。野崎はしっかり試合展開を追っていたが、麻由子の目当てはいつも、試合前と試合中に三度登場する、お腹《なか》の出たふてぶてしい球団マスコットだった。

指を折って数えてみると、麻由子と一緒に野球を見るのは六年ぶりだということに野崎は気がついた。

この一年数ヶ月、再び麻由子と体の関係が戻ったが、いわゆるデートのようなものはしたことがない。ごくたまに、連絡をして門前仲町か落合か、互いの住む街で食事をしたり軽く酒を飲んだりすることはある。しかし、だいたいの場合は野崎が誘い、そのとき行きやすいほうの部屋へもう一方が向かう。そして部屋で缶ビールを飲んで、テレビやビデオをつけたまま、昨今の世間話をする。そして、缶ビールをくしゃっと潰すのをきっかけに、二人でベッドに入る。

いまだに野崎は、麻由子にいわゆる恋人としての復縁を願う立場ではないと思いつつ、しかしどこかで、もっと売れたらそのときはきっと、また新しい女と出会うんだろうと、ずるく考えている。

だが、これまでと少し違う姿勢でライブに臨み、その後、まったく形にはなっていないが、作詞も本腰を入れて考え始め、ノートに毎日のように様々な言葉を綴るようになってきた。すると、どうしてもその張り詰めた緊張を解くためにも、麻由子に甘えたくなってしまう。いつもはセックスだけでもいいとどこかで思っていたが、もっと普通のときの普通の麻由子と、普通の時間を一緒に過ごしたくなってもいた。

野崎は、本当についでだよという姿勢を崩さず、深い意味はないよとそれとなく牽制《けんせい》しつつ、麻由子を野球に誘った。麻由子も過剰に喜ぶことも、野崎の意図を確かめるようなこともせず、ごくあたりまえの嬉しそうな声で、「ペンギン、久しぶりに会えるなあ」と笑った。麻由子には何度か、神宮球場をのっしのっしと歩いているマスコットはツバメだと教えたことがあるが、忘れているのかわざとなのか、ペンギン可愛いと、そのときは少女のようにはしゃぐ。

その日はジャイアンツ戦で、昔からそうだがレフト側のジャイアンツファンのほうが客は多く、応援の声も熱心だった。野崎は昨年から選手兼任になった監督が、いつ代打に自分をコールするのかを楽しみにしていたが、その機会は最後までやってこなかった。

しかし麻由子はやはり、文字通りまったく違うところばかりを見ているようだった。

「周ちゃん周ちゃん」

一塁ベンチの脇からマスコットが出てくると、そちらから目を離さないで麻由子は、文字にすると「きゅーっ」という可愛らしい声を出して、その一挙手一投足を見逃すまいとしているかのように夢中になっていた。

試合は四回まで両チームとも三得点という競り合いになり、それ以降、スワローズが五回、六回とソロホームランで加点して逃げ切ろうとしていた。

「そういえば、二七歳だったね。先々週」

イニングの合間に、野崎はビールを飲み干してから言った。いま気づいたようなふりをしたが、当然麻由子の誕生日は忘れていない。しかし、その前後の数日間は、だからこそわざと連絡をしなかった。それも、特別な日に会うことで発生してしまう、何かの意味を避けようとしていたからだ。

「周ちゃんは来月だね」

麻由子もなんでもないように言った。

「うん」

「あ、周ちゃんあの子すごく可愛い」

「ほんとだ」

「すいませーん」

麻由子はすかさず、自分が見つけた生ビールの売り子に手を振った。そして自分も二センチほど残っていたビールをゆっくり飲み干しつつ、近づいてくる売り子に、二つくださいと指で注文した。さっきは麻由子が「次よろしくね」と払っていたので、財布を用意しながら、確かに麻由子の言うとおりにこにことした笑顔が可愛らしい、ショートパンツから太めの脚が伸びる子からビールを受け取った。麻由子は一気には残りが飲めなかったようで少しむせていたので、野崎は「慌てない慌てない」と笑った。

「そのころ、実家に帰ってたんだ」

七回のマスコット再登場の興奮も収まり、試合が八回に入ったところで麻由子が、何気なくそう言った。言葉は何気なかったが、そこに何かしらの意味が籠もっていることに、野崎はふと気づいた。それはもしかしたら聞きたくない類の話かもしれないと思うと、腰の後ろあたりがぶるっと震えた。どういう方向に転ぼうと、麻由子とシリアスな話はしたくない。自分が何かを決めなければならない事態には、なりたくない。

「いばらぎ?」

「あ、まだ言ってる。意地悪だなあ」

「ごめん、わざとじゃなくて本当に間違った。いばらき、ね」

「千葉の人はとくに意地悪」

麻由子は口を尖らせた。

つきあっていたころに、よく麻由子の出身県を言い間違えてからかっていた。野崎はそれを使って自分が、うまく話をかわせたと一瞬思った。しかしそれは間違いだった。それからずっと、麻由子が誕生日のころに実家に帰っていた意味を聞き逃したことへの後悔が、頭の片隅にこびりついてしまうことになった。家庭の事情で実家に戻らなくてはならなくなったか。両親や近い人に不幸があったか。あるいは地元の人間の紹介で見合いでもしたのか。野崎の頭の中に、大きなことから小さなことまで、その選択肢がぐるぐると巡った。そうであれば一言かけなくてはいけなかったのではないか、いやもっと真剣に相談に乗るべきことではなかったのか。それとも、麻由子は自分との関係に何かの変化が起こることを伝えようとしたのではないか。

しかし野崎はその日はもちろん、それからもずっと、それを確かめることができなかった。

試合は九回表にジャイアンツが一点差まで迫ったが、スワローズがからくも逃げ切った。麻由子は再び登場したマスコットに、嬉しそうに手を振った。

また少し飲みすぎた
隣の席の女は
言葉遣いも食べ方も汚かったな

見はからって笑わせ
お酒を噴き出しそうな君の慌てた
膨れっ面が好きだった

二人でいるときは人目なんか気にせず
目の前の君のありがたさも気づかず

あいつの連れてる女の二の腕がだらしない
君のほうが100倍可愛い
それでもあいつが羨ましい

事件は黒沢の野音ライブから二ヶ月後に起きた。取材に来ていた「エージェント」という雑誌は、黒沢のインタビューを巻頭に近いコーナーの一ページで掲載するという約束だった。しかし突然、誌面構成の都合上どうしてもスペースが取れなくなり、巻末の奥付ページの三分の一ほどで載せることで納得してもらえないだろうかと連絡してきたのだ。

野崎がいつものように、西新宿の「あみどん」に呼び出されて黒沢と飲んでいると、そこへいつもより駆け足で広田が飛び込んできて、そしてすかさず小上がりのところに正座をすると、黒沢に「申し訳ない」と頭を下げた。いつもふざけた口調で飄々《ひょうひょう》としている広田のその姿に野崎は驚いたが、それは黒沢も同じようだった。

「ちょっとやめてよ、広田さん。広田さんが謝ることなんてひとつもないじゃん」

「いえいえ、もともとを辿れば私って者の口利きで、雑誌が違うとはいえ同じ会社だったりして、これはもう社を代表して謝罪しなくちゃと」

「広田さんはしっかりしてるねえ。でもさ、俺と広田さんは友達じゃん、そういうのやめようよ。こっち来て座ってくださいな」

黒沢は広田の肩をとんと叩《たた》いて、隣に来るよう促した。広田が「これはこれは、申し訳ないったら」と頭を下げつつ立ち上がり、黒沢の言うとおりに座った。

「でもさ、そんな小さいスペースで載せてもらってもつまんないなとは思ってたんだ。こないだの取材来てた二人いるでしょ」

「副編の青木《あおき》と、ライターの伊藤《いとう》」

「だっけ。広田さん俺さ、あれやってみたかったんだよね。編集部襲撃」

黒沢はそう言うと愉快そうに微笑んだ。野崎は、二〇年ほど前、日本中の誰もが知る有名コメディアンが、自身のスキャンダルを掲載した写真週刊誌の編集部を、弟子たちを引き連れて襲撃したという、伝説の事件を思い出した。

「もちろんごっこでいいんだけどさ、インタビューがボツになったことを怒った黒沢が、手下を連れて『エージェント』の編集部に乗り込んで、その二人を縛り上げる、みたいなのどう?」

広田は聞いてみますと、すかさず携帯電話で「エージェント」の編集部に電話をかけた。やがて副編集長の青木が出て、黒沢に替わった。

「どうも黒沢です。いやいや、それぞれ都合も事情もあるから、しょうがないものはしょうがないですよね。それでね、ただ小さくインタビュー載るんじゃ面白くないから、こういうのどうかな」

黒沢は終始明るい声で、相手を気遣いながら、「襲撃ごっこ」をどのようにやるのかを説明した。縛られた「てい」の二人を、黒沢が睨みつける写真を載せ、そこへスポーツ新聞の見出し風に、「黒沢乱行! 本誌編集部を襲撃!」と書いたら面白いんじゃないかなと伝え、しばらく笑いながら相手の言うことに相槌《あいづち》を打っていた。そして最後に「さすが、大人な雑誌ですねえ。じゃあ日取りとかまた連絡しますんで」と言うと電話を切った。

「うちも面白いことは好きだし、俺もシャレがわかるんで、だってさ」

黒沢はそう言うと、ふっと笑いながら、携帯電話を広田に戻した。

「さてと広田さん、ああは言ってるけど、いざとなったら『エージェント』が襲撃写真、載せないかもしれないんだよね。それで相談なんだけど」

「こっちで確実に、それ一ページで載せさせてもらっちゃったりするから」

黒沢の言葉の途中で、広田がすかさず答えた。

「広田さん、会社的には大丈夫？」

「大丈夫、だって僕って者のほうが連中より偉かったりするからね」

広田のその返事に、黒沢はくくと笑った。

何が起こるかわからないが、黒沢が「エージェント」の編集部に予告したこととは、どうやら違うことが起きるのは明らかなようだった。野崎は黒沢と広田の顔を見比べながら、気になっていた黒沢の、「手下を連れて」という言葉の意味をいつ聞こうかと考えていた。


「本当にやるんですか」

「本当にやるよ」

「後であっちに消されないように、カメラマンはこっちで手配しちゃってるから安心してもらったりして」

「僕が気にしてるのは、それじゃないです」

広田が勤める出版社のエレベーターの中で、黒沢が用意した黒のスラックスに黒の長袖Tシャツ、そして夏なのにニットの目出し帽という格好の野崎は溜息をついた。隣では伝説の襲撃事件の真似で、黒沢が消火器を抱えていた。

「襲われる二人も、カメラマンも、あとうちのライターも編集部で待機させちゃってるから、準備はばっちり、あとはもう全部おまかせ」

「全部、ね」

「そう、全部」

濃いサングラス越しにも、黒沢が楽しくて仕方がないことがわかった。野崎は黒沢に持たされた重いボストンバッグを右肩から左肩にかけ直した。そこで、エレベーターが五階に着き、扉が開いた。

「出てすぐ右側が『エージェント』編集部、じゃあ襲撃開始ってことでよろしくったら」

広田のその言葉に見送られて、黒沢はずんずんとエレベーターを出ると右へ進んで行った。野崎も一度深呼吸してから、その後を追った。

「おはようございます、黒沢光です。今日は襲撃にまいりました。皆さんよろしく」

黒沢がよく通る声でそう告げると、少し間があってから、エージェント編集部だけでなく、同じフロアの他の部署からも拍手が起こった。どこが襲撃なんだと野崎は思わず少し笑ってしまった。

取材に来ていた青木と伊藤は並んで立って待っていた。

「今日はよろしくお願いします」

黒沢は正面に立つと、丁寧に頭を下げた。それに対して伊藤は少し会釈した程度で、青木は顔すら動かさずに薄ら笑いを浮かべていた。そして消火器を持った黒沢と、その後ろにいる目出し帽の男に呆れたように笑った。

「面白いこと考えますねえ、黒沢さんは」

「でもその大人げない感じも、黒沢さんっぽくてうけますよね」

先ほどまで、黒沢に持たされたボストンバッグの中味に呆れていた野崎だったが、前回の取材時と変わらぬ青木と伊藤の態度に、これでも軽いほうだなと気持ちが変わっていった。

「じゃあ二人並んで椅子に座ってください。それでロープで縛らせていただきますんで、あとは成り行きということでお願いします。じゃあシューサン、バッグ。あとそっちで同じことしてね」

黒沢はそう言うと、二人を座らせた。そして消火器は離れたところに置き、バッグから手錠を四つ取り出し、二つを野崎に渡した。

「え、手錠ですか」

「なんか、本格的じゃないっすか」

青木と伊藤はロープで適当に縛られるだけだと思っていたらしく、さすがに慌てたようだった。しかしその慌てた様子を悟られたくないのか、余裕の表情を作っているのはすぐにわかった。

「じゃあ手、すいません」

黒沢は青木の手を後ろに回し、右手首と椅子の右後ろの脚、左手首と椅子の左後ろの脚にカチャリとかけた。野崎もその動作を確認しつつ、伊藤にも同じようにした。

「なんかこれ、大丈夫なんですかね」

「痕とかつくの、ちょっと困るんですけど」

明らかに少し怯《おび》え始めていたが、青木も伊藤もやはりそれをまわりにいる皆に悟られないように振る舞っていた。

「ちょっと、お話が邪魔ですかね」

黒沢はそう言うと、ゴムのベルトのようなものの真ん中に、穴の開いたピンポン玉のようなものが装着された道具を取り出した。そしてやはり同じものを野崎に放ってよこした。野崎は実物を見るのは初めてだったが、それがある特殊な趣味を持つ人のためのアダルトグッズであることは知っていた。

黒沢はそのボール部分を、「あーん」と開かせた青木の口の中に押し込んだ。そしてすぐに後ろに回ると、きゅっときつくベルトを締めた。青木は目を見開き、ついに抵抗の言葉を発しようとしたが、それはボールのせいで、ふがふがとした間の抜けた音となった。「え」と唖然《あぜん》としている伊藤に、野崎も急いで同じようにボールを装着させた。

青木と伊藤は同時に腕を動かしたが、ガチャガチャと手錠の鎖が椅子に当たるだけだった。すると黒沢はすかさずバッグから、一五センチほどの幅がある黒革のベルトを取りだし、青木の足を椅子の前の脚にそれぞれ固定した。野崎も当然、それに倣った。これで青木も伊藤も完全に身動きができなくなった。

「さて、じゃあ約束どおり縛りますか。シューサン、ここから難しくなるからよく見ててね」

黒沢はそう言うと、おそらく一〇メートル近くあるんじゃないかという真っ赤なロープの束を野崎にひとつ渡した。そして、自分も同じものを持つと、青木の体を、時間をかけて縛っていった。野崎はその確かに難しい工程を、ひとつひとつ確認しながら、同じように伊藤を縛りあげていった。

青木も伊藤も、すでに目から表情をなくしていた。プライドの高い人種なのだろう、困った顔や恥ずかしそうな顔を見せまいと必死に堪えているようだった。

一〇分ほどかけて黒沢と野崎のロープ作業が終わると、青木と伊藤には首から胸、腰、股間と規則正しいシルエットができあがっていた。

「亀甲縛りです」

黒沢が取り囲む編集部員たちににこやかに言った。いつのまにかその後ろには、他の編集部の連中も群がっていて、全員、笑っていいのかどんな表情でいればいいのかわからずに困ったような顔をしていた。

「まあ、せっかくなんで」

黒沢はそう言うと、ロープの下のシャツのボタンを全部外し、ぐっと横に大きく開いた。押しやられたシャツの中から、青木のやや出始めた腹と胸毛が生えた胸があらわになった。野崎も伊藤のカットソーを下からたくし上げ、同じように白くたぷついた胸と腹を露出させた。

「じゃあ、記念撮影しましょう。カメラマンさん、お願いします」

黒沢はそう言うと、青木の後ろに立ち、にっこりと笑い右手の親指をぐっと立ててみせた。目出し帽姿のままの野崎も、伊藤の後ろで同じポーズをした。その決めポーズにカメラマンは数カットシャッターを押し、「オッケーです」と声をかけた。その後ろで、広田も黒沢に向かって「もう大丈夫」という意味でこっくりと頷いた。

「はい、じゃあ襲撃終了です。青木さんも伊藤さんもおつかれさまでした。皆さんも写真撮るならどうぞご自由に。ですので、使った道具、後でうちの事務所に送っといてくださいね。じゃあありがとうございました」

黒沢はそう言うと、情けない姿の二人にいまだにどう反応してよいのか、その態度を決めかねているような出版社の社員たちの間を、『十戒』の、海の割れるシーンのモーゼのごとくぐんぐんと進んでいった。そして広田に見送られてエレベーターに乗ると、渋い声で呟《つぶや》いた。

「シューサン、打ち上げ行くよ」

「喜んで」

野崎も間髪入れずにそう答えた。


「鼻フックとか、乳首用の洗濯バサミとか、さすがに可哀想《かわいそう》だからやめてあげたよ」

タクシーで西新宿に向かい、午後五時から開いている「あみどん」で、黒沢と野崎は祝杯をあげた。

「やっぱり黒沢さん、最初から怒ってたんですか」

「あのくらいのインタビュアーなんて、これまで何十人と会ってるから慣れたもんだよ。でもおかしいじゃん、お洒落《しゃれ》気取ってる奴がギャグボールと亀甲縛りで台無しになるのを見たかったんだよね」

「本当にあれ、載っちゃうんですかね」

「俺はもうどうでもいいけど、広田さんはちゃんといちばんひどいの、載せちゃうだろうね。でも『エージェント』の連中は、ぎりぎり不細工に見えない角度のカット選ぶだろうからシューサン、後でチェックしてみ」

「了解いたしました」

野崎は大げさに敬礼すると、笑って黒沢のお猪口《ちょこ》に一ノ蔵を注いだ。

「お邪魔します」

しばらく二人で飲んでいるとそんな声が聞こえ、野崎が振り返ると、そこにはまた初対面の女が立っていた。ミノリちゃん以降でも、野崎はすでに黒沢が呼んだ他の女に二人会っている。しかし、そこにいたのはこれまでの女たちとは明らかに種類の違う雰囲気をまとっていて、野崎は一目見ただけで強い存在感に息を呑《の》んでしまった。

小柄で、水色のブラウスに白のパンツ、緩やかなウェーブのショートカットという格好で、透けそうな白い肌に細く切れ長の目が印象的だった。野崎は、どこかで見たことがあると思った。

女優かタレントか、それともミュージシャンか。

「茉美《まみ》」

黒沢が野崎に短くそう言った。その言い方も黒沢らしくなかった。「シューサン、こっち茉美ちゃん、イエーイ」といういつものノリとはほど遠かった。

「野崎さん、初めまして。大塚《おおつか》茉美です」

黒沢の後で、茉美はそう名乗ると丁寧にお辞儀をした。野崎も慌てて体の向きを変え、座布団の上に正座をして「野崎です」と頭を下げた。自分の名前は事前に黒沢が伝えていたのだろうが、こうしてきちんと挨拶をする女も初めてだった。

茉美はそこでようやくパンプスを脱いで、座敷に上がった。そして黒沢の隣、野崎の正面に座って、また改めて野崎に会釈をした。その物腰のひとつひとつに無駄がなかった。野崎はいつもとは違う緊張感に包まれた。

「シューサン、茉美はこう見えて漫画家なんだよ」

「漫画家さん？　あ」

野崎はそこで突然、目の前にいるのが誰なのかを思い出した。ペンネームはコヤマアキラ。「美人すぎる漫画家」としてときどき雑誌やネットで話題になる人物だった。しかもその話題性だけでなく、作品自体も高く評価されていて人気がある。一九歳でのデビュー作は高校生たちの恋愛模様を描いたもので、ストーリーは王道だったがその描写力ですぐに人気となった。さらに、その次が戦国時代の名も知られぬ武士の生き様を描いた作品で皆を驚かせ、漫画家としての評価を揺るぎないものにしてみせた。

雑誌の取材には答えるが、確かテレビ出演は断っていると聞いたことがある。実際のコヤマアキラが、写真以上に透明感があり、凛《りん》とした印象すら与える大人びた女性だったことを知って、そしてそんな彼女が黒沢と何かしらの関係にあるという事実とも相まって、野崎はますます緊張してきた。

「噂《うわさ》のシューサンさん」

茉美は黒沢が注いだビールのグラスを持つと、乾杯のタイミングでそう呟いて小さく笑った。

「噂、ですか」

「光さん、しょっちゅうシューサンさんの話をされてるから、初めましてな感じがしないです」

「茉美、シューサンさんはないだろう」

黒沢は自分のお猪口を、茉美のグラスと野崎のお猪口にカチンカチンと当てて笑った。

「シューサン、でいいです。あの、茉美さん、コヤマアキラさんですよね」

野崎も笑って、そのタイミングで茉美にそう聞いた。茉美は「はい」とこっくり頷き、黒沢は「よくわかったねえ」とどこか嬉しそうに野崎に笑いかけた。

聞くと、茉美はふだんは単独のインタビューをたまに受けるだけで、テレビ出演はもちろん、雑誌の対談や座談会も断っていたが、中学生のころからのファンだった黒沢に会うという企画だけは、やはり断れず引き受けた。昨年、黒沢のホールライブを見に行き、終演後に楽屋で本人に対面した。そこで仲良くなったという。

茉美は終始落ち着いた態度で、自分の三歳年下でまだ二三歳だと聞いて、野崎は軽く落ち込んだ。そして野崎は、黒沢と茉美が表現者同士としてこれだけ仲が良いのか、それとも他の女たちと同様に、きちんと体の関係があるのか、そこがわからないままだった。茉美が相手だとそんなことを探ること自体が下衆《げす》な行為のように思えていたせいでもある。

昨今少しは酒に慣れてきてはいたが、いつもとは違う緊張で、野崎は早めに酔いが回り始めていた。そして、しっかりと相手の目を見て話す茉美の姿と、いつもよりも口数が少ない黒沢の様子から、野崎はどんどん饒舌《じょうぜつ》になっていった。

「聞いてくださいよ茉美さん、黒沢さん、いつもひどいんですから」

今日ならいいかと、野崎は黒沢にいつもどのような理不尽な仕打ちをされているかを、面白おかしく語った。黒沢も愉快そうにそれを聞いてときどき「すまんすまん」と頭を下げ、茉美も「意地悪ですね」と小さな子をたしなめるように黒沢の腕をつんとつついたりして、酒と煙草の合間はほとんど笑いに包まれていた。

「いちばんひどかったのって、女の人を押し付けられたことですよ」

野崎はその流れのまま、とっておきの話を始めた。

「こないだ、黒沢さんが飲んでるとき、いつもなんですけど女の子呼んだんですよ。そしたら先に帰っちゃって、僕とその子の二人きりになったんですね。黒沢さんも二人でもう一軒行けって言うし、その子もなんだかしなだれかかってくるしで、なんかまあ、大変だったんです」

野崎は一ノ蔵をきゅっとあおって続けた。

「で、こっちも男ですからいろいろ悩んだんですけど、なんだか嫌な予感がするなあと思って、誘惑を振り切って帰ったんですね。そしたら次の日、その子から電話あったんです。また二人で会おうって。でもきっぱり断ったら、その子、なんて言ったと思います?」

野崎は黒沢に呆れたような顔を向け、そして茉美に大げさに溜息をついてみせた。

「その子、昔黒沢さんとつきあってて、しかも今回、黒沢さんが僕にその子とつきあわせようとしてたんですよ」

野崎はこれで決めだとばかりに、たっぷり間を取ってそう言い切った。

しかし茉美は、「ふふ」と小さく小首を傾げただけで、黒沢も口元にだけ笑みを浮かべ、黙ってマイルドセブンを吸い込んだ。あれ、俺いま、いいオチをつけたつもりだったのに、いまいち受けなかったなと野崎はがっかりした。

受けなかっただけでなく、その後、その場の空気は確実に変わっていた。野崎は次第に慌ててきた。俺は何かやらかしてしまったのだろうか。茉美の前で他の女の話をしてしまったのが悪かったのだろうか。いや、黒沢はこれまで、飲んでいると毎回違う女を途中で呼び出している。しかもそれを俺や広田にも堂々と見せつけている。ということはその奔放さは隠していないはずだし、自分がそんな話をしたところで、「いまさら」ではないのか。

酔いがさらに回ってきた。茉美がトイレに立った。黒沢は何も言わず、ただマイルドセブンをふかしていた。

「あの」

野崎はどきどきしながら黒沢に声をかけた。黒沢はその声に反応せず、今度はゆっくり煙を吸い込んだ。

「黒沢さん、俺」

「言ってなかったけど、茉美、俺のちゃんとした意味での、彼女なんだよね」

黒沢はふーっと斜め上のほうに煙を吐き出してから、穏やかな声でそう言った。

「けっこう、まじめなおつきあい」

黒沢はそんなおどけたフレーズを、まったくおどけずにつけくわえた。

「なんだか、申し訳ありません」

「シューサン」

「はい」

「別に謝る必要はないけど、いまの言葉は間違いだな。そういうとき、なんだか、なんて余計な一言はいらない」

「申し訳ありません」

野崎は先ほどまで酒で赤かった顔が、すーっと白くなりつつあるのを自覚した。

そして茉美がトイレから戻ってくると、「ちょっとすいません」と入れ替わりにトイレに駆け込み、盛大に嘔吐《おうと》した。

日曜日、門前仲町のアパートで、野崎は起きてからずっと、ベッドの上に座ってギターをただ弾き続けていた。たまに鼻歌で新しいメロディーが浮かんできたりしたが、歌い直してみるとそれは昔聴いたイギリスのバンドの曲とほぼ同じ展開だったりした。わざと気持ちの悪いコード進行を弾いてみて、新しいアイデアが降りてこないかと思ったが、ただ不愉快なだけで、ディオンヌまで背中を向ける有様だった。

茉美と出会った夜以降、ずっと野崎の中で、どっしりと嫌な塊が腹の中のどこかに居座っている。仕事をしていてもずっとそれが気になる。酒を飲んでも気が晴れることもない。そしてこうして新しい曲作りを始めれば忘れるかと思ったが、それどころか自分のギターの稚拙さ加減に、余計に拭えない気持ちのほうが大きくなっていってしまう。

あの夜、黒沢はその後も、とくに怒ることはなかった。勘定をするときも、「百万円拾ったから」といつものお決まりのフレーズも口にしていた。タクシーに乗ったときも、黒沢は手を振り、茉美はにっこり笑って会釈してくれた。しかしそこから駅へ向かい、部屋に戻り、そして六日が過ぎたいまでも、野崎は自分がやらかしてしまったことへの後悔が拭えない。

そして黒沢からの電話もない。これまでも週に四度会ったこともあれば、一週間以上あいたときもあった。たまたまその後者のスケジュールなのだろうと思おうとするが、やはりどうしても、黒沢は怒っていて、自分へ連絡をしてこないのではないかという懸念を頭から追い出すことができない。

ギターを諦めた。ディオンヌがウンチをして、トイレの砂をざっざっとそこにかけた。

こういうときに甘えてはいけないと頭ではわかっていたが、野崎は携帯電話を手に取り、麻由子に電話をかけた。

飲み終えたら麻由子の部屋へ行こうと、野崎は高田馬場あたりでと思っていたが、電話をすると、麻由子は夜は大丈夫だけど、休日出勤をしてるから八時ごろになると答えた。チェーン展開している美容院の本社で広報の仕事をしている麻由子の勤務先は有楽町にある。野崎は、じゃあたまには日比谷あたりで会おうかと提案した。どこかで、少しでも早い時間から麻由子に会いたかったと思っていたのもある。

待ち合わせ場所の阪急デパートのHMVに、麻由子は「ごめんごめん」と早足でやってきた。黒沢のアルバムを改めてチェックしていた野崎は、「大丈夫」という顔で微笑んだ。麻由子は水色のブラウスに黒のロングスカート姿で、肩までの髪をくるっと小さなお団子のようにまとめていた。少し汗ばんだ後毛《おくれげ》に、野崎はさっそく欲情していた。

洒落た店も知らないし、お金もあまりないので、安い居酒屋に入った。その段階で、お金だけでなく、何時にここを出て何時に麻由子の部屋に行けば、終電までに門前仲町に戻れるか、あるいは麻由子を自分の部屋に呼んだ場合はどうなるかの計算も、野崎はざっと済ませておいた。

先日の神宮球場からあまり間をおかず、またこうして互いの部屋でも最寄駅の店でもないところで会っていると、普通はこれを恋人と呼ぶんだよなと野崎は思った。麻由子もきっとここ最近のことには何か思うところはあるだろう。しかし、やはりそこには触れず、いつものように明るく「乾杯」と生ビールのジョッキをカチンとあてた。

「いま忙しいの?」

「ううん。今日はたまたま出なくちゃいけなくて」

「そっか」

「うん」

麻由子と会う頻度が増えたのと同時に、それほど前回から話すことが増えていないことにも野崎は気がついた。今日は心がざわめくから思わず麻由子に会いたくなってしまったが、失敗だったかと少し慌てた。

すると、最初のきゅうりの和え物と焼き鳥の盛り合わせが運ばれてきたタイミングで、野崎の携帯電話が鳴った。「ごめん」とジーンズのお尻のポケットから取り出すと、そこには「黒沢さん」という着信が表示されていた。野崎は急いで通話ボタンを押した。

「もしもし」

「イエーイ、シューサン。飲もうよ」

ずっと待っていた台詞だった。黒沢は怒っていなかった。野崎は心の底からほっとした。

「あの、すいません、実はいま飲んでまして」

「まじで?　誰と?」

「その、女の子と」

「あれ、シューサンに女いるって俺、聞いてなかったと思うけど」

「そういうんじゃないですよ。大学の同級生で」

そこまで言いかけて、麻由子のことをどう説明しようか、そして麻由子がいまの返事にどう反応するかが気になって、思わず口ごもった。さすがに昔の恋人でとも、いまもたまに関係があるとも、正直に告白するわけにはいかない。黒沢にわかりやすく伝えられ、かつ麻由子が気を悪くしない言い方がなかなか出てこなかった。麻由子は、野崎の口調からその相手が誰かを察したようで、微笑みかけ、音を立てないような仕草でビールを一口飲んだ。

「じゃあさ、ちょっとだけそっち寄るよ。いま百万円拾っちゃって使い道に困っててさ」

「まじですか」

「まじなわけないじゃん。シューサン、もしかしていつも本当に百万拾ってると思ってた?」

「聞いたのはまじで来るんですかってほうです」

野崎は困ったことになったと思いつつ、どこかで、黒沢があのとき以来、いつもと変わらぬ口調で電話をかけてきてくれたことの喜びで、このタイミングを逃さず会っておきたいと思った。かつ、黒沢が来ればいまふと困りかけた、麻由子との会話を考えなくても済むかとも計算した。

「すいません、ちょっと待ってください」

野崎は通話口を押さえて、麻由子に事情を説明した。麻由子は「どうぞどうぞ」という素振りの後で、口の動きだけで「私がいてもいいの?」と聞いた。野崎は「うんうん」と頷いて、黒沢に「わかりました」と告げた。

「どこにいるの？」

「というか、黒沢さんが来るような店じゃないんで、こっちが移動しますよ」

「いや、店探すの面倒だし、シューサンもその女の子も、動くの面倒じゃん。行くから店教えて」

「本当にいいんですか。日比谷の来み鳥って、安いチェーンの居酒屋なんですけど」

「もう俺の大好物。じゃあ三〇分で行くよ」

そして黒沢は、本当に三〇分後に店にやってきた。若い大学生から休日のサラリーマンたちまで、店にいたほとんど全員が「あれ、黒沢光じゃない？」と、場違いな有名人にざわついた。野崎は麻由子の隣に座り直し、黒沢は二人の前に座った。

「武藤《むとう》麻由子さんです」

野崎がそう紹介すると、黒沢は「黒沢です」と、サングラスの奥の目尻を下げて頭を下げた。麻由子も「武藤です」と緊張しながら、それ以上に頭を下げた。黒沢は、すでに野崎が吸っていたが、麻由子に「煙草いい？」と断ってから火をつけた。

麻由子の緊張と、野崎の麻由子を黒沢に会わせた緊張が徐々にほぐれてくると、そこはいつもの黒沢の飲み会のような盛り上がりへと変わっていった。その途中でも、やはりこういう店だからか、他の客が黒沢に写メを頼んでくることが多かったが、黒沢は嫌な顔ひとつせずに「イエーイ」とカメラに収まった。

「シューサンと麻由子ちゃんは何関係？」

「何関係って」

「いや、肉体関係くらいわかるんだけど、なんか恋人っぽくもないじゃん」

黒沢がなんでもないようにそう言うので、野崎は驚いた。しかし隣の麻由子はとくに動揺した様子もなく、そのかわりちらっと野崎のほうに目をやった。なぜ黒沢はそんなことまでわかるのだろう。やはりこの人には嘘はつけないんだなと野崎は思った。

「すごいです。そのとおりです。麻由子と俺、大学のときにつきあってたんです。それで別れたんですけど、最近、またちょっと会ったりするようになったりなんかして」

照れ隠しの言葉が、広田のような口調になってしまって、野崎は自分でおかしくなってふっと笑った。黒沢も笑うかと思ったが、焼酎の水割りを飲みながら、サングラス越しにじっと麻由子を見つめていた。

「じゃあ、復縁じゃん」

黒沢が言った。話がまずい方向に流れてるなと野崎は思った。自分と麻由子の関係は、自分たちでもはっきりと言葉にしないように、互いに注意している。そこを、遠慮のない黒沢にずかずかと入り込まれると、自分もなんと返事をしてよいのかわからなくなってしまう。

「いや、そういうんでもなくて」

「じゃあ、どういうの？」

「昔の恋人で、いまは友達って、黒沢さんもそういう女の人いるでしょう。ミノリさんとか」

野崎は言った。わかりやすい例を出して、早くこの話を終わらせたかった。しかし自分で口にしておきながら、黒沢とミノリの関係と、自分と麻由子の関係はまったく違うことにすぐ気がついてもいた。

「すいません」

野崎は黒沢の説教が着火しないように、すかさず謝った。こんな姿を麻由子に見られるのは、どこか屈辱的だった。

「じゃあいまは、ただのセフレだ」

黒沢は野崎の謝罪を無視して続けた。この清々《すがすが》しいくらいの失礼さが、黒沢が何かの意志を持ってやっていることくらい、野崎にはもうわかる。

「そういうんじゃ」

「だから、じゃあどういうのよ。シューサン、昔の彼女でいまは都合よくセックスする相手ってことでしょ」

「それだけじゃ」

「麻由子ちゃんは、そんなの望んでない。ねえ」

黒沢はそう言うと麻由子を見た。口調は強かったが、その目線と表情は少し優しかった。麻由子は少し口元に笑みを浮かべただけで、何も答えなかった。野崎は、急速にこうなってしまったこと、つまりは黒沢をこの場に呼んだことをいまさらながら後悔した。そして、黒沢に対して何か言うことと、麻由子に対してどういう態度を取るかが、どうしても矛盾してきてしまうことに、混乱し始めた。

「なんか、汚れてるよ、二人とも」

黒沢が静かに言った。野崎は、女関係がだらしない黒沢に言われる筋合いじゃないと思いながらも、その重い言葉に言い返すことができなかった。麻由子はしっかり黒沢の顔を見ていたが、唇と指先は少し震えていた。麻由子をこんな目に遭わせるんじゃなかった。しかしその怒りは、黒沢ではなく自分自身に向かった。また、悪い酔いが体を駆け巡り始めた。

「いびつだし、そもそも、中途半端じゃん。あのさ、シューサンのだいたい駄目なところって、そこだよ。なんでも中途半端。仕事も音楽も、人に対しても。優しいし面白い奴だけど、妙なプライドは捨てないし、心の奥を明かさないのを美徳だとでも勘違いしてる。シューサンとつきあう人は、みんなそれに気づいてるから、変な遠慮したり、余計に気を使ったりするんだ。年上の俺に対してだったら、まあ若いシューサンだからしょうがないかってなるけど、好きな女に、その態度はないよ」

黒沢はマイルドセブンの煙と一緒に、淡々と野崎にそう言った。野崎は麻由子の隣ではもっと気丈に振る舞いたかったが、またいつものように、ただうなだれるしかなかった。涙だけは必死に堪えた。

「なんか、すいません」

「で、そんなしおらしい態度を取られたら、俺がいじめてるみたいに見えるし、麻由子ちゃんはもっとどうしていいかわからない。そういうところ、シューサンは想像力が足りないんだ。だいたい、ずるいよ」

「いいかげんにしろよ」

しばらく、自分の発した言葉だと野崎は気づかなかった。言ってしまった。体中に鳥肌が立ったが、遅かった。俺は今、黒沢さんに悪態をついてしまった。でも、もう引き返せない。

「なんでそんなわかったようなことばっかり、いつもいつも。俺の何がわかるんですか。俺と麻由子の何がわかるんですか」

「わかるよ」

黒沢は平然と言った。あたりまえだろと言わんばかりだった。涙が溢《あふ》れてきた。野崎はどうしてもそれを、麻由子に見られたくなかった。

野崎は立ち上がると、そこからは何も言わずに、席を立ち、店を飛び出した。ああ、いろんなことが終わっちゃったなと思ったら、涙が止まらなくなった。

でもいい、これでいろんな面倒な人間関係から解放されるんだ。そう思い込もうともしたが、涙だけでなく鼻水も止めることはできなかった。そして、いま自分が面倒と思ったのは、黒沢のことだけだったのか、黒沢のことも、麻由子のこともだったのか、よくわからなかった。

おじいさんみたいなこと言うけど　一日経つのが早い
山田と安藤と母親に　折り返してなかった

本当のことを言えば毎月　下旬ごろになったときも
君のことばかり考えては　ぶつぶつ独り言ばかり

初めて唇に触れた夜
終わりの肌に埋もれた朝
なぜか月末だったよね　月頭？

やるせないよね　悔しいね
冷たくあたったこともあるのに
ぐしゃぐしゃって頭撫でて喜ぶ君ばかり
ただ歩いてく　暮れた街
疲れたって愚痴ると君は呆れていつも　「おじいさんみたい」

実を言えば水曜日も午後４時でも
いつもどこでも隣にいてほしい
胸かきむしるほど好きだった

黒沢から、今度こそ電話はかかってこなくなった。

最近、仕事中に元気もなく黒沢に呼び出されてもいない様子の野崎に、浅田はあえて何も言わずにいた。野崎は、きっと浅田さんは黒沢にもあえて何があったかは聞かないでくれてるんだろうなと思った。

連絡がないのは、黒沢だけではなかった。麻由子からも、電話やメールがくることはなかった。そういえば、もともと自分から連絡してたんだよなと野崎は思った。セックスがしたくなったときだけ、麻由子を誘っていた。そのときに、麻由子に会いたいという単純な気持ち自体がどれくらいだったのか、自分でも知らないようにしていた。そしていまでは、本当にどのくらいの気持ちだったのか、わからなくなってきている。

とにかく、いまは平気な顔をして麻由子を誘うことは、とてもできなかった。

そして野崎は二七歳になり、黒沢も麻由子もいない秋が過ぎ、冬になって年が明けた。

その日、門前仲町のアパートに戻ると、ポストに封書が届いていた。麻由子からだった。

周ちゃんへ

この手紙を書くのにいっぱい悩んで、いっぱい書き直しました。伝えなくてはいけないことを、ちゃんと書こうと思います。

私は今年、茨城に帰って結婚します。一年前に帰省したとき、同級生の紹介で会った方で、ずっと結婚を前提にしたおつきあいをと言ってくれてました。でも、ずっと私はそのお返事を先延ばしにしてたのです。

その理由は、本当はたくさんたくさん書いたんですが、そのことは全部、消しました。

ひとつちゃんと言わなくてはいけないのは、私はその間、ずっと周ちゃんにも会っていたということです。私はずっと、周ちゃんに甘えてました。私は、すごくずるくて、すごく汚い女でした。あの夜、黒沢さんは周ちゃんにそう言いましたが、あれは、私に向けられてた言葉だったんです。

本当にごめんなさい。でも周ちゃんといると楽しかった。神宮球場に連れていってくれたこと、忘れません。

周ちゃん、ありがとう。元気で、いい歌をいっぱい作ってください。

麻由子

追伸　あの夜、周ちゃんがいなくなった後で、黒沢さんがなぜ「わかるよ」とおっしゃったのか、教えてくれました。周ちゃんは友達だから、だそうです。

素敵！笑

野崎は自分が何も感じないよう、心を空っぽにするように心がけた。そしてひたすら、ギターを弾いた。それ以外に、やることが見つからなかった。そうしていないと、自分の体がどこか見知らぬ場所へ流されていってしまいそうだった。

野崎は自分の中から湧き上がる、そのままの言葉をメロディーに乗せるようにして、いくつかのフレーズを作っていった。そんな風に部屋でギターを弾いて歌を口ずさんでいると、ディオンヌはよく、足の先に尻尾を絡ませてきた。

春になって思わぬニュースが野崎の元に舞い込んできた。

あるテレビ局の、子供たちの未来をテーマにした四時間特番の中で、「猫の帰還」と題した三〇分ドラマが放送されることになった。

主人公は若い男で、気分がむしゃくしゃしていたとき、飼い猫にあたってしまう。しかも猫は一度も外に出たことがないのに、わざとドアを開けっ放しにもする。猫は飼い主の怒りを避けるためと、好奇心もあって、おそるおそる外の世界へと踏み出していく。そこで初めて男は自分のしでかしたことの大きさに気づく。捜しまわるが猫はもういない。深く後悔し、自責の念にかられる男。しかし数日後、部屋の外に猫がすっと立っている。傷だらけだが、少し大きくなって、どこか誇らしげな顔をしている猫を、男は飛び出して抱きしめる、という話だ。子育てに悩む親とまだ意思を表せない小さな子供の関係を、猫を使って描いている。

そしてこのドラマの主題歌に、ディレクターと浅田が友人だったことがきっかけで、ネクストマンデイの「君がお父さんになったら」が選ばれたのだ。

野崎よりも慌てたのが、ほとんど籍を置いただけの所属事務所とかつてのレコード会社だった。ドラマは評判を呼び、主題歌についても問い合わせが相次ぎ、急遽《きゅうきょ》再発売となった。

「君がお父さんになったら」は三年前のリリース時の最高順位九二位を超え、今回はチャートで三二位まで上昇した。事務所とレコード会社のスタッフたちは、川島とのネクストマンデイ再結成の話まで出るほど盛り上がっていたが、やはり単発ドラマだったせいもあり、そのブームはそう長くは続かなかった。

それでも野崎のライブの客は確実に増えてきた。野崎は、昔の俺ならきっと図に乗ったところだよなと思いながら、かつて黒沢に教わったとおり、その増えてくれたファンをどれだけ逃がさずに、どれだけ納得させられるかを念頭に、地道に曲を作り、いまの自分ができるかぎりの演奏をした。

久しぶりに、音楽誌やネットサイトのインタビューも数件だが受けた。その最後は「カスタマイズ」誌で、編集長の広田自らがやってきた。

「これはこれはシューサン。久しぶりったら、今日は忙しいのにありがとうったら」

広田はいつもの涼しい顔の妙な口調で言った。野崎は懐かしさもあって思わず笑ってしまった。

「忙しくなんかないですよ。これまでどおり、地道にやってます」

実際に、いまでも浅田たちの事務所での仕事も続けていた。

「でも、なんか、ちょっと大人っぽくなったりなんかして」

「そんな」

野崎はいえいえと首を横に振った。自分はちっとも大人なんかじゃない。人としても中途半端だし、せっかく曲がリバイバルヒットしたのに、その人気に合わせて出せるような、納得がいく新曲も作れていない。

広田は「じゃあ あとは彼女が」と、女性ライターにインタビューを始めさせた。野崎はデビュー時からいまに至るまでの経歴や、自曲についての質問に答えていった。そして「影響を受けたミュージシャンは誰ですか」という問いに対して、昔はイギリスのバンドをいくつか挙げていたが、すかさず真顔で言った。

「黒沢光さんです」

広田が顔を野崎に見えないほうに向けた。口元がふっと笑ったように野崎には見えた。


日本の首相はころころ代わり、アメリカでは黒人初の大統領が誕生した。

野崎は二〇〇人のキャパを全部埋めることはできないが、三ヶ月に一度、ソロライブができるようになってきた。浅田の提案で、ドラム、ベース、キーボードの三人にバックで入ってもらい、バンドサウンドに戻したのも良かったのかもしれない。

野崎が日本語のラブソングを歌い出したことに、初期からのネクストマンデイのファンの中にはやや落胆し、離れていった者もいた。しかし、いまのところ大幅に増えることもないが、減ることもなく一定のお客さんが来てくれることに、野崎は心の底から感謝していた。

その日、新宿でのソロライブも終盤にさしかかっていた。まだまだこれだという曲は書けていない。しかし、かつての曲も、この一年で作った曲も、どれも聴いてくれる人の中へ届けるような歌い方や演奏が、少しわかってきたような気がする。そしてそれがわかったぶん、自分は好きなミュージシャンや著名なミュージシャンたちの境地まで、まだまだうんざりするくらい長い距離があることも、野崎は実感した。

ただ、いまは一歩ずつ進むしかない。

スローテンポの曲を二曲続けて歌い、スタンディングのフロアの客の様子も落ち着いたときに、野崎は見た。

フロアの向こう、入り口付近に設けられた座席ブロックの一角に、黒いサングラスにソフトモヒカンの男が立っていた。ステージの自分を見て、嬉しそうに笑っている。そうか、そういうことか。自分のインタビュー記事が載った「カスタマイズ」誌が、先月発売になっていたと、野崎は思い出した。

そうか、そういうことか。

歌いきって曲がエンディングのところで良かった。つんと鼻のあたりに熱いものがこみ上げ、視界もゆらゆらと揺れ始めてしまっていた。

客席の黒沢は、野崎に向かってぐっと親指を立ててみせると、大きな口ぶりで、「イ、エー、イ」と告げた。

ぼろっと涙が溢れてしまった。野崎はバンドの音と一緒にギターを弾き終えると、客席がざわつくのも気にせず、マイクに向かってスローな曲にまったく似合わないことを叫んだ。

「イエーイ！」

sweet and lowdown

「ちょっと待ちなよ」

野崎は言った。隣で黒沢が、くくくとおかしそうに笑った。

溜池《ためいけ》にあるレコーディングスタジオで、野崎は女性ライターと男性編集者相手に、思わず啖呵《たんか》を切っていた。

昨年急逝した伝説的なミュージシャン、若山《わかやま》六朗《ろくろう》の追悼カバーアルバムが制作されることになった。若山は七〇年代から活躍する、ポップスの巨星と呼ばれる存在であり、同時に多数の歌謡曲のヒット曲の作曲者でもあった。その歌謡曲の作詞のほとんどを、浅田の父であり昭和を代表する作詞家の紀田《きだ》浅彦《あさひこ》が手がけていたこともあり、その企画は浅田の事務所が中心になって動くことになった。

一五組のミュージシャンが、若山の曲を一曲ずつ歌う。その企画に黒沢も参加した。一見ジャンルが違うように見えるが、若いころは浅田とともによく食事の席に呼ばれたりなどして可愛《かわい》がってもらい、黒沢も浅田も、他の数多くの音楽関係者同様、「ロクローさん」と呼んで慕っていた。

浅田が立ち会うことが多いので、野崎もそれぞれのミュージシャンのレコーディングに赴くことになった。始まるまでは、自分がこの一五組に選ばれるような人気も実績も器もないことに劣等感を抱くかと思ったが、実際にレコーディングブースでそれぞれの演奏と歌を目の当たりにすると、自分はどれだけラッキーなんだと素直に思えた。

問題は、この企画盤の取材に毎回来ているウェブマガジンのライターと編集者だった。参加ミュージシャンすべてのコメントを取って特集を作ろうというのは、浅田側からすればパブリシティとしてありがたい話だし、野崎もそれぞれのミュージシャンの事務所の間に入って協力を仰いだり撮影の調整をしたりと動いていた。

しかし彼らの態度は、明らかに相手によってまったく違った。そしてそのすべてが、プロの仕事ではなかった。

アニメ主題歌に曲が使われたのをきっかけにブレイクした、四人組の若手バンドのときなど、持参したアルバムにサインを求める程度ならまだよかった。しかし「デビュー前から私、目をつけてたんです」と平然と口にしたり、一人一人と写メで記念撮影をし、さらには直接フェイスブックの友達申請を承認させたりと、簡単に言えばただのミーハーの振る舞いを思う存分していった。

かと思うと、若山と同年代のいまはほぼ隠居状態の大御所歌手に向かっては、「なんかすごい人って聞いてるんですけど、どのくらいすごかったんですか」と面と向かって聞き、浅田たちの肝を思う存分冷やすような質問をし続けた。

そんなことが続き、いよいよ黒沢の番になった。野崎は何日も前から、気づくと溜息《ためいき》が出るくらいに気が重かった。あの非常識な女性ライターと、それを非常識と思わずわけ知り顔で頷《うなず》いている男性編集者を、間違っても黒沢が快く思うわけがない。そのインタビュー現場の空気を想像するだけで、野崎はうんざりという言葉では足りないほど、うんざりした。

黒沢の歌は完璧だった。黒沢はあえて、女性歌手のムード歌謡を選び、それをいつものしゃがれ声で歌い上げた。ミキサー卓の後ろのソファで野崎が「ふわあ」と思わず声をあげると、隣で浅田も満足そうに微笑《ほほえ》んだ。

そして、問題の時間になった。スタジオを出たロビーで取材が始まった。野崎はもちろん立ち会った。

「すごく良かったです。あんなにしっとりしてる歌が、こんなにかっこよくなるなんて、びっくりです」

ライターの第一声に、野崎はあれと思った。今日は意外にまともじゃないか。

「本当ですか。ありがとう」

黒沢は撮影用の上着に着替えながら、サングラスの奥で素直に嬉《うれ》しそうな目をした。

「これまで聞いてきたので、いちばん良かったかも」

耳触りのいい褒め言葉を、野崎も黒沢も浅田も、黒沢のマネージャーの堂上も、何の反応もせずに聞き流した。しかしほんの少しだけ、空気は変わった。これまで取材してきた数組のミュージシャンたちを、簡単に貶《おとし》めるようなことをなぜこの女は言えるのだろう。野崎は、どうかここまで踏ん張ってくれと、なぜかライターを応援するように念を送った。

「帰ったら、さっそく黒沢さんの曲、ポチります。なんかファンになったかもしれないです」

だめか。黒沢は愉快そうに笑っている。しかし、その笑顔がそのままの意味ではないことくらい、野崎にはもう瞬時にわかる。

しばらく、無難で面白みのない質問と、本人は褒めているつもりの失礼な感想が交互に続いた。

このくらいで終われればまだましかと野崎が思いかけたとき、ついにその瞬間がやってきた。

「黒沢さんのプロフィールも載せたいんですけど、もう新譜ってけっこう出てないですよね。ご予定はあるんですか」

「曲を作ってる段階だから、まだですねえ」

「じゃあ、これまでのでいちばん新しいのって？」

「もうすぐ四年になりますかね」

「新しいのって、やっぱり前のとはテイスト変えていくものなんですか。四年って、やっぱり古くなりますよね」

「そうですかねえ」

「今度ちゃんと聴いておきますね。でも、今日みたいな曲とかアレンジとか、そういうほうが黒沢さんすごく合うし、いいと思いますよ」

「ちょっと待ちなよ」

限界だった。野崎は思わずそう呟《つぶや》いていた。そしてそう口に出してしまうと、次の言葉も止められなかった。何が起きているのかわからないような表情のライターと編集者の前で、黒沢は笑い、浅田と堂上は啞然《あぜん》としつつもそっと目を伏せた。

「百万年早いよ」

野崎は女性ライターをじっと見据えて言った。

「シューサン、なんであそこであんなこと言うかなあ」

相変わらず西新宿に流れて「あみどん」の座敷席に座ると、最初のビールを飲みながら黒沢が呆《あき》れたように笑った。

「黒沢さんの現場なのに、出すぎた真似《まね》をしまして、本当に申し訳ありません」

野崎はまだグラスには手を触れず、正座をして頭を下げた。

「本当だよ。早すぎるよ」

「はい？」

「泳がせれば、もっと面白いことたくさん言ったよ、あの子」

「そっちですか」

野崎はうなだれるポーズをしてから、「いただきます」とビールに口をつけた。

「もうちょっと図に乗らせておけばなあ」

「また、編集部襲撃とかしますか」

「いや、あの子おっぱいそこそこあったじゃん。ここに呼んでたかもしれないでしょ」

「そっちですか」

野崎はまた同じ感想と、同じうなだれるポーズをした。そして、黒沢の煙草《たばこ》が残り少なくなったのを確認してから、目の前に買っておいたメビウスを二箱、すっと置いた。

「君がお父さんになったら」のリバイバルヒットから、六年の月日が流れた。野崎は三三歳、黒沢は四五歳になっていた。

野崎はあのヒットの後で、簡単に言えば「ブレイク」はできなかった。一年後にそれなりのバックバンドメンバーを集めて出した新譜も、やはり売り上げは二〇〇〇枚に及ばず、その後はアルバムを出せていない状況だ。

ただ、それほど大きくないライブハウスであれば、ワンマンでもバックミュージシャンを従えてもそれなりに集客できるようになり、いまでもそれは続いていた。そして、浅田の事務所にも事務兼見習いではなく、ミュージシャン、作詞家、作曲家としての在籍となって、まだまだ同世代のサラリーマンにも及ばないが、食べてはいけるようになっていた。他の歌手に提供した曲も、ヒットこそ出ないが少しずつ増えてきている。

ただ、これは野崎に限ったことではないが、三年前の大震災も影響して、音楽業界の冷え込みはますますひどくなっている。黒沢のレベルですら、いまはそう簡単には新譜を出すこともできない。

「シューサン、俺たちもあれやろうよ。ゴースト」

「時事ネタですねえ」

黒沢は二月から世間を賑《にぎ》わせている、クラシック音楽家のゴーストライター騒動を面白そうに話し出した。

「これから俺がギター弾いて歌ったら、シューサンがそれを譜面に起こしてよ」

「それ、ちっともゴーストじゃなくて、たんなる記録係です」

野崎は肩をすくめて、店員を呼んでつまみと日本酒を頼んだ。

「それより、俺はいつかきっと、黒沢さんの曲の作詞しますから」

「百万年早いよ」

野崎が最近使ういつもの決め台詞《ぜりふ》に、黒沢もいつものように決め台詞で返し、嬉しそうに笑った。黒沢は相変わらず、詞の半分を自作、半分を外部に発注しているが、まだまだ野崎にはオーダーする様子はない。野崎も、自分がその器ではないことはちゃんと自覚していた。

そのとき、黒沢の携帯電話が鳴った。黒沢はいまだにスマホでなく二つ折りの携帯を使っている。「お、着いた？　もうこっちはいるよ」と言う黒沢の口ぶりから、カノンが店の外まで来ているのだろうと野崎は思い、一分後にそのとおり、いつものようにミニスカートに胸元を開けた、店中の人目を引く格好でカノンがやってきた。

「シューサン、こんばんは。なんか今日、黒沢さんをがっかりさせちゃったんだって？」

派手な見た目と違って、人懐こい性格のカノンが野崎の肩をつんとつきながら、ヒールを脱いで黒沢の隣に座った。

「え、がっかり？」

野崎は少し驚いて黒沢を見た。黒沢は携帯電話を広げ、自分がカノンに送ったメールを見せた。そこには「シューサンに俺の説教横取りされた」とあり、野崎は堪《こら》えきれずに、ビールを少し口元からこぼしてしまった。

黒沢と飲んでいると、相変わらずいろんな女の子がやってくる。この一年は、数年前までタレントをしていたが芽が出ず、いまは一応モデル事務所に所属しているという、二八歳のカノンが来ることが多かった。

黒沢は茉美と、二年半前に別れていた。

六年が過ぎて、相変わらず説教をされることも多いが、それでも黒沢も多少は自分に一目置いてくれるようになったと、野崎は思う。先輩であることに変わりはないが、黒沢はもっと友達のように振る舞ってくれるし、野崎もかつてよりも素直に自分の現状や気持ちを打ち明けられるようにもなった。

しかし昨年秋、最後に手紙をもらって以来五年ぶりに麻由子に再会し、また体の関係を持つようになってしまったことは、さすがに黒沢には告白できずにいた。

麻由子は結婚して実家のある茨城に戻った。しかし、野崎には多くを語らなかったが、夫とは結婚当初からあまりうまくいかなかったらしい。そして二年後、あの大震災が起きた。これも多くは語らないが、それが夫の仕事に何かしらの影響を与え、さらに夫婦関係にも変化を及ぼしたようだった。

麻由子はしばらくの間、二駅離れた実家で暮らすことになった。そして昨年から、再び東京に出てきて祐天寺《ゆうてんじ》にアパートを借り、前の仕事に復職した。これも野崎には理由はわからないが、夫とはまだ離婚はせず、籍は入れたままだった。

二人はかつてのように、ほぼ野崎から電話をかけて食事をしたり酒を飲んだりして、麻由子のアパートか、代々木八幡《よよぎはちまん》に越した野崎のアパートで抱き合う。

最初のうちは、麻由子が結婚をしているという事実、互いに出会って一〇年以上が過ぎ、こういう関係になるのが三度目という事実を、どこか気にしながらの逢瀬《おうせ》だった。しかし、二度会わない時期があったとはいえ、一〇年以上を共に過ごした信頼関係が、すぐにその気まずさを打ち消していた。

麻由子は二ヶ月後、六月で三四歳になる。野崎もその二ヶ月後に三四歳になる。

「私は楽しいけど、やっぱり黒沢さんに怒られちゃうね」

行為を終えて麻由子は下着とキャミソールをつけると、ぺたんとベッドの上に座るようにして、ふふっと笑った。野崎は仰向けになったまま、「すごいだろうなあ」と呟いた。六年前に、あまりにも正しい黒沢の言葉によって負った痛手は、二人とも消えていない。それなのにこうして会っていると知ったら、黒沢の遠慮のない言葉は止まるところを知らなくなるだろう。

煙草を吸いたかったが、麻由子の部屋ではキッチンの換気扇の下以外では遠慮をするようにしている。そこまで行くのも億劫《おっくう》だったし、太ももに触れる麻由子の膝と、左の二の腕にそっと触れている麻由子の指先の感触を振りほどきたくもなかった。

「でも、また違う展開になるかも」

「そう?」

「和美《かずみ》の話でごめんなんだけど」

野崎がそう前置きするると、麻由子は「気にしないで」という笑みを向けた。そこにはきちんと、「私のほうがもっとごめん」という意味が込められていた。

和美は四年前に一年間ほどつきあっていた、野崎の久しぶりの恋人だった。野崎の所属とは違うレコード会社の宣伝部で洋楽担当をしていた、四歳年下の女だった。麻由子にも何度かその話をしたことがある。

「飲んでるとき、黒沢さんが和美も呼べって必ず言うんだ。それで合流してくると、『旅行連れていけよ』『指輪プレゼントしろよ』から始まって、あげくに『いますぐ結婚しろ』『俺が仲人する』『一緒に和美の実家まで挨拶行ってやる、いま行くぞ』って、怒濤《どとう》の攻撃。仲人って、黒沢さん独身のくせに」

麻由子はその光景を思い浮かべるような仕草をして微笑んだ。

「当然だけど、ちょっともう麻由子には会わせられないよな」

「私はまたお会いしたいけど、きっとすごく怒られちゃう」

麻由子は手首に巻いていたシュシュで、髪を左側に流してまとめた。こういうときの麻由子の姿に、野崎はときどき混乱する。妙な色気があって、行為後でも欲情しそうになる。同時に、そこにいるのは出会ったころの若い麻由子ではない。もう結婚もしている、三三歳の女なのだ。そしてセックスについては昔よりも互いのことをよくわかり、こうして話すときは昔の仲の良かった大学時代とあまり変わりがない。麻由子に向けるべき目が、なんだかどれが正解なのかがわからなくなる。

「周ちゃん、次は周ちゃんのお部屋がいい」

「いいけど？」

「ペットショップで見かけて、買っちゃったの。ディオンヌとこれで遊びたい」

麻由子はそう言うと、野崎をまたいでとんとベッドを降り、紙袋の中から棒の先に羽根がついたおもちゃを取り出すと、嬉しそうにひらひらと振った。

「あいつ、そういうのに反応薄いよ」

「私だったら、たぶんちゃんと遊んでくれると思うよ。行くと喜んでるよね？」

「まあ確かに、ちょっとはしゃいではいるな」

野崎が頷くと、麻由子は得意げな顔をしてみせた。

「でも、まだ慣れない。周ちゃんのお部屋、ずっと門前仲町のイメージのまま」

野崎の実家は千葉県の松戸市で、大学一年生までは実家から通っていた。しかし大学までバスや電車の乗り継ぎ次第では一時間半以上かかり、単位を落としそうなほど遅刻するのを見かねて、両親も二年生からの一人暮らしを認めた。

「大学のときから、ずっと住んでたからね。それ言ったら、麻由子も大学のときの部屋のほうをよく覚えてるよ」

「まさか、東京に来て三つ目のお部屋に住むとは思わなかったなあ」

麻由子はベッドに腰掛けて、やや自虐の意味も込めて呟いた。野崎は自分の腰に触れた麻由子の尻の感触に、神経を集中させつつも、帰る時間を考えて手を伸ばすことはやめた。

いちばんは黒沢の呼び出しに対応するためだが、代々木八幡に越して、仕事でもプライベートでも、野崎はほぼ自転車移動をするようになった。祐天寺からもそれほど時間はかからない。しかし、もう午前一時を過ぎていて、明日を考えれば自分にも麻由子にも充分遅い時間だった。

「いばらきにいたときは、思いもしなかった？」

「あ、また言った」

「あれ、また間違えた？」

「ううん、ごめん周ちゃん合ってた。またいばらぎ、ってからかわれたのかと思った」

麻由子は「ごめんね」という笑みを向けた。野崎も笑みを返し、そのタイミングで起き上がった。

帰り支度をしながら、麻由子と今度こそちゃんとした意味で復縁する可能性はあるのだろうかと、そんなことを考えていた。かつてのように、売れたらもっといい女とつきあうとか、そんなことは、全然とは言えないが、あまり、考えていない。自分にとっては三つ目の部屋で、麻由子にとっては四つ目の部屋で、一緒に暮らしたらどうなるのだろう。

しかし、麻由子が結婚していることから始まり、年齢の問題、仕事の問題、何よりも覚悟の問題として、そこに至るまでにはうんざりするほどの過程があるんだろうなと野崎は思う。

中野坂上が好き
君が住んでた街だから
二階の端の部屋

有楽町も好き
君が勤めているから
銀座で待ち合わせ

なんでもない景色に君がいると
突然カラフル
新宿で映画　恵比寿でお酒
一人じゃくすんでたけれど

明治通り代々木あたり
深夜に腕組んで歩く
すべて背景になる
僕らだけの世界

黒沢が本当に中国地方のローカル局の情報番組に出演すると聞いて、野崎は驚き、呆れ、笑って、感心した。

それはいつもの「あみどん」での飲みの席だった。黒沢と野崎、そして広田というめずらしく男三人だけのメンバーで盛り上がっているところに、おずおずと二人組の女が話しかけてきた。ともに三〇代半ばくらいで、身なりもしっかりしていて言葉遣いも丁寧で、黒沢はすぐに「座って座って」と促し、しばらく一緒に飲むことになった。

素性を聞いてみると、「矢田《やた》と申します」と名乗ったほうは地方局のディレクターで、東京出張のついでに学生時代の友人と久しぶりに食事をしていたとのことだった。そして、矢田は生半可でなく本当に黒沢のアルバムを聴き込んでいるファンで、記念写真やサインですでに目を潤ませていた。そして「いつか仕事でお会いできればと思っていたんですが、ローカルなのできっかけもなくて」と残念そうな顔をした後で、「でもこうしてお会いできて、本当に光栄です」と黒沢と握手をして、また泣きそうな顔になった。

そこからが普通ではありえないのだが、自分たちの席に戻りますという矢田に、黒沢が「矢田さんの番組、出るよ。いつがいい？」と声をかけた。舞い上がりつつも、うちは他局にネットもしてないし、ギャラも本当に少ないですしと恐縮している矢田に、黒沢は「ギャラいらないから、俺とマネージャーの足と枕だけお願いできる？」と、新幹線とホテルの手配を頼んだ。そのとき、黒沢は親指で野崎を指していた。

そんな経緯があり、本当のマネージャーの堂上からも「野崎さん、黒沢をよろしくお願いします」と頼まれ、野崎はその夏の日差しがとりわけ強い日、一〇時に黒沢と品川駅で落ち合って新幹線に乗った。午後一時からの情報番組だが、駅に到着するのがすでに一時を過ぎてしまう。そこから、リハーサルはなく打ち合わせもほぼ数分で、二時からの出番に臨むつもりだった。

新幹線ですでにビールをあけ、ずっと野崎と黒沢は喋《しゃべ》り通しで、三時間半後、その地方局の玄関をくぐった。矢田はスタジオから動けないというので、ADが出迎えた。

この後、野崎は黒沢に騙《だま》されていたことを知った。楽屋に入ると、「時間がないんです」とメイクが二人待っていて、黒沢と一緒に野崎も座らされた。「え」と唖然としている野崎に向かって、黒沢はメイクのためにサングラスを外しつつ、にやりと笑った。

「言ってなかったっけ。俺、ネクストマンデイと二人で出るって言ってあんだよね」

野崎は緊張を感じることすらできないまま、ぼんやりとした頭でメイクをされ、マイクをつけられ、生放送のスタジオの椅子に座った。終始隣の黒沢が軽妙な話術でその場を盛り上げ続け、野崎はたまに振られる、しかし何を言えば場が沸くのか二人の間でははっきりしているエピソードを語った。

そして最後に、黒沢がちゃんと伝えていたのであろう、いつのまにか用意されていた野崎のライブ告知もフリップで出て、そこに黒沢が「東京ばっかじゃねえか。たまにはこっちにも来ないと」とコメントして笑わせ、二〇分の出番はあっという間に終わった。

矢田たちスタッフは急いでも夜八時を回ると言うので、そこから打ち上げをやることにし、野崎と黒沢は駅に近い宿泊のホテルに入った。このまま東京に帰れる時間ではあるが、黒沢があらかじめ野崎に告げた今回の目的は、「シューサンと泊まりで地方に行って飲む」だった。

「ありがとうございました」

チェックインを済ませ、それぞれの部屋へ向かうエレベーターの中で、いまになってようやく緊張が解けてきた野崎は、黒沢に頭を下げた。無名の自分をこんな風に扱ってくれて、もしかしたらこれこそが、黒沢がわざわざこの収録を引き受けた理由かと、ただただ恐縮するしかなかった。

「あ、忘れた」

しかし黒沢は野崎の礼を無視してそう呟いた。

「どうしました?」

「ここらの電話帳、借りてくるの忘れた。シューサン、フロント行って借りてきて、そのまま俺の部屋に来てくれない?」

「はあ、わかりました」

野崎は言われたとおりに、その五分後、黒沢の部屋のドアチャイムを押した。黒沢は子供のように「入って入って」と野崎を招くと、直接床に座り込んで、受け取った電話帳を開き始めた。

「あった」

黒沢はそう言って、トントンと目当ての場所を指でついた。野崎が覗《のぞ》き込むと、そこには「ソープランドケサランパサラン」というセンスのないロゴ文字の広告があった。黒沢は借り物だが躊躇《ちゅうちょ》せずに、その部分だけビリビリと破いて、ジャケットのポケットにしまった。

「黒沢さん、あの」

「だってまだ三時だよ。飲むのはちょっと早いだろ。ちょっと遊んで、それから飲んで、そこで局の子たちが来るの待ってればちょうどいいじゃん」

「そういうことでなく、ソープって」

いきなりそんなところへという意味も、こんな地方都市で黒沢光が芸能人用の秘密を守る店でもないところへ現れたら、どんな噂話《うわさばなし》が広まるかわかったものではないという意味も込めて、野崎は制止しようとした。

「だってこないだ、シューサン風俗行ったことないって言ってたじゃん。今回つきあってくれたお礼で、奢《おご》るからさ」

「奢っていただくとかそういうことでなく」

「シューサン、俺、無駄に時間を過ごすのは好きだけど、時間を無駄にするのは嫌いって、知ってるよね」

「はい」

かつて飲みの席で黒沢が放った名言だ。飲んでなんら建設的な話をせずに酔うのは楽しい。しかし何もせずに無為に時間が過ぎていくのは許せない。黒沢はそう言い、野崎は「いい言葉ですねえ」と感銘を受け、その後は自分でも使っている。

「じゃあ、行こうか」

「わかり、ました。あの、初めてなので、すでに緊張してます」

「さっきの収録よりはマシだろ」

「いえ、さっきの収録より緊張してます」

野崎が答えると、黒沢はくくと笑って立ち上がった。

ホテルの乗り場からタクシーに乗り込むなり、黒沢は先ほどちぎった電話帳の広告を運転手に差し出し、「ここ行ってください」と告げた。運転手は老眼なのか少し手を離してその紙切れを見て、やがて後ろを振り向いた。そのとき、そこにいるのが有名なロックミュージシャンだということはわかったようだった。そして、なぜなのかわからなかったのだが、運転手は「なるほど」という顔をした。

「本当にここでよろしいんですね」

「はい、行ってください」

やや怪訝《けげん》そうな声の運転手に、黒沢はにっこり答えた。すると運転手は車を出し、最初の角を左折し、次の角を左折した。そして車を止めると言った。

「ありがとうございます。こちらになります」

黒沢に続いて野崎も唖然として、車内から外の看板を見上げた。「ケサランパサラン」は、いまいたホテルの真裏にあった。そうか、普通なら「歩いてすぐですよ」と伝えるところだが、芸能人なのでわざと近距離でもタクシーを使うのだなと思ったのが、先ほどの運転手の納得の顔だったのか。野崎はその事実にも気づいて、妙に恥ずかしくなり、ここくらいはとすぐに千円札を差し出した。

ケサランパサランに入ると、受付の三人の男たちはいきなり現れた黒沢光に驚き、「黒沢さんっすか?」と恐る恐る尋ねた。黒沢は何の衒《てら》いもなく「黒沢です、今日よろしくお願いしますね」と自ら握手をしていった。野崎は、堂々としたその態度に呆れながらも感心してしまう。

「こっちの若い子から先に案内してあげてね。知ってる? ネクストマンデイっていうミュージシャンなんだよ」

「俺らさっき、テレビ見てたんですよ!」

野崎はじわじわと顔が赤くなっていくのを感じたが、なるべく無表情を装って、こくりと頭を下げた。

言われたとおりに黒沢より先にカーテンをくぐると、そこには安物のドレスを着た、とても美人とは言えないが、二〇代半ばと思《おぼ》しきにこにこと愛想のいい女が立っていた。

「マミです。よろしくお願いいたしますね」

「ああ、あの、こちらこそ」

もう少し冷静だったら茉美のことでも思い出したところだが、野崎はすっかり舞い上がっていて、ただ促されるままに個室へと入っていった。

「初めてなんですよ」

こういうところでの、やり方も振る舞い方も知らない。野崎は自分の緊張を解くために、わざとそう告白した。

「大丈夫ですよ。まかせてくださいね。でも、お客さん」

「はい？」

「もしかして、東京とかからいらしてます？」

「ええ。東京です」

「受付で聞いてるかもしれないですけど、このへんのソープって東京のとは違うんですよ。だから安いの。それでもよかったですか？」

「違う？」

そもそも、東京のソープすら経験がないし、値段を聞いていなかったがいくらが高いか安いかもわからない。

「県の条例で、教育施設の半径何キロ以内だかのお店は、本番禁止なの。でもそれ、このへん全部のソープに当てはまっちゃうんですけどね。だからここ、東京で言うヘルスなんです。それでもいいですか？」

完全には理解できなかったが、要はソープと名乗りつつも、「違う方法」でのサービスになるのだなということはわかった。野崎は正直に言った。

「僕、先輩に連れてきてもらったんですよ。その方がオッケーだったらオッケーだし、帰るって言うなら僕も帰ります」

「そうかあ。どうしよっかな」

マミは少し悩むような仕草をした。それをどう確認しようか考えているようだった。やがて、ぱっと笑みを浮かべた。

「じゃあ、チェックしに行こ」

「チェック？」

マミはいたずらっ子のように頷くと、野崎をまた個室の外へと連れ出した。そして「しーっ」という仕草をしながら、二つ隣の部屋の前までやってきた。そして野崎を無言で手招きすると、一緒に中の様子を側耳《そばみみ》を立てて聞くようドアに体を寄せた。野崎もそれに倣って、マミと一緒に中の様子を窺《うかが》った。

「ジュリちゃんって言うの？　よろしくねー！」

「えー、もしかして音楽やってる人？」

「イエーイ！」

中から、黒沢とジュリというソープ嬢の陽気な声が聞こえてきた。野崎は目の前のマミに、無言で「よろしくお願いします」という意味を込めて頭を下げた。


野崎が無事に初の風俗体験も済ませ、受付の連中に教えてもらった居酒屋に二人で入った。ほんの徒歩五分ほどの距離だったが、それだけで二人とも汗だくになる暑さだった。通常の開店も午後五時で早かったがまだ四時半前で、馴染《なじ》みだという彼らが電話をかけて、黒沢のサインと引き換えに入れるようにしてくれていた。

「黒沢さん、俺、このままで大丈夫ですかね」

野崎は乾杯するなり、さっきまでのことを語るのが恥ずかしく、照れ隠しで話を始めた。

「大丈夫だろ、シューサンなら」

「本当ですか」

「だって曲もいくつかは使われてるんだろ。自分のライブだってできてる」

「でも、全然稼げてないです」

「食えてるし、こうして飲めてる」

「いつも黒沢さんにご馳走《ちそう》になってます。自分のときは、すごく安いとこにしか行けないですよ」

「でも、三〇過ぎまで続けてきたってことは、これからも大丈夫ってことだよ。駄目になってる奴はその前から駄目だからね」

「ああ、なんか黒沢さんにそう言ってもらうのが、やっぱりいちばん落ち着きます」

地元の焼酎をおかわりしだしたころに、次の客が入ってきた。サラリーマンらしき二人組だった。彼らは先客に目を留めたが、そのソフトモヒカンにサングラスの男が、自分が知っている有名人だと認識するのに少し時間がかかったようだった。そして「あ！」と声を上げるとすかさず近づいてきた。

「黒沢さんですか、俺ファンなんですよ」

「ありがとう。イエーイ」

黒沢は不躾《ぶしつけ》な写メ撮影にも嫌な顔ひとつせずつきあった。野崎は、黒沢の一流たる所以《ゆえん》はこういうところにもあるんだろうなと思った。きっと自分がこんなことをされたら、顔どころか言葉にも苛立ちが出てしまうだろう。

二人組は騒ぎながら奥の席へと去っていった。すると、黒沢が彼らに笑顔を向けたままそっと言った。

「あいつら、俺たちがこんなに楽しくやってるの知らないよ。好きだったこと仕事にして、それで食えて、こんな風に地方来てテレビ出てソープ行って酒飲んでる」

「はい」

野崎はありがとうございますという気持ちを込めて頷いた。

「そういえばセリザワ、離婚するそうですよ」

話の間ができたとき、野崎はふと思い出したことを口にした。

「まじで？」

「らしいです。それで俺もびっくりしたんですけど、タレントのサヤコちゃんっているじゃないですか。その子とつきあってて、それが奥さんにばれたそうです」

「へー、イメージないねえ」

野崎のほぼ同期で、いまや一流ミュージシャンの仲間入りを果たしているセリザワは、朴訥《ぼくとつ》としていてその人物も楽曲も、華やかで浮ついた世界がまったく似合いそうになかった。きっとこのニュースが表沙汰になると、少なからずミュージシャンとしてもダメージを受けることになるだろう。野崎は素直に、セリザワを不憫《ふびん》に思った。

飲みが進み三時間近くが経《た》ち、先のサラリーマンたちもすでに帰り、黒沢は来る客来る客と写メに収まって、店も八割ほど席が埋まってきていた。黒沢も野崎も、したたかに酔っていた。野崎は、自分の視界がときどき揺れていて、しかしそれを自覚すると酔いが加速してしまうと思い、必死にその感覚を振り払おうとしていた。

「俺、このままやってって大丈夫なんでしょうかあ」

途中から切り替えた日本酒もずいぶん進んでいて、野崎は少しろれつが怪しくなった口調で言った。言ったそばから、あれ、この話したっけかなと思ったが、記憶を辿《たど》れるほどの冷静さは持っていなかった。まあ、同じ話だったら、黒沢がそう指摘するだろう。

「大丈夫じゃないだろうなあ」

黒沢がメビウスの煙を天井に向かって吐き出してから言った。

「まじですか」

野崎は少し褒めてもらいたくて始めた話に、黒沢がいきなり否定的なことを言うので、本気で落ち込みうなだれた。そのついでに、おしぼりで眼鏡のつるを拭き、セブンスターに火をつけた。

「ちょいちょい、大丈夫になりそうだったのに、シューサンはことごとくそのチャンスを逃してるじゃん」

確かに、デビュー時にももう少しなんとかなったかもしれないし、「君がお父さんになったら」リバイバルヒットのときも、もっとうまく波に乗れたかもしれなかった。

「チャンスも才能だからね。そんな調子で三〇過ぎちゃうと、先はあんまり明るくないんじゃない？」

「そんな」

「だいたいさ」

黒沢はぎゅっと煙草を灰皿に押し付けた。野崎はやばいと思ったが、もう遅かった。いま、確実に黒沢の説教の開始を告げるホイッスルが鳴らされた。

「シューサン、なんでいけるときにちゃんといかなかったんだよ。そんなんで三十何歳とかになってんじゃん」

たったいま聞いたものとまったく同じ言葉だったが、口調が強くなったので野崎はそのことに気づかなかった。言っている黒沢も、同じことしか言っていないことは気づいていないようだった。

「それに三十何歳とかになって、これから大丈夫かって、これからっていつだよ。そんな大学生みたいなこと言う年かよ。そんな甘い考えだから、いつまでもちゃんとしないんじゃん」

厳しい言葉で、いつもだったら泣き出してしまうかもしれなかったが、そうなるには野崎は酔いすぎていて、そして黒沢のろれつもどんどん怪しくなってきていた。

「まわりを見てみなよ」

黒沢は先ほどまで写メや握手で応対していたサラリーマンたちを見渡した。

「あいつらのほうがよっぽど立派だよ。ちゃんと仕事して、こういうところでうさを晴らして、でも次の日になったらまた働いて、そんな連中は三十何歳でこれから大丈夫かなんて考えもしないで頑張ってる」

「すいません」

さっき、なんだか同じような話題でまったく逆のことを聞いた気がするなと思いながらも、野崎はもう充分ですという意味で頭を下げた。しかし黒沢は止まらなかった。

「シューサンのまわりの連中だって、ちゃんとやってんじゃん。セリザワとか、はっきり言ってもう追いつけないくらい差つけられてるだろ。それをどう思うかってとこだよ。あ、そういえばシューサン」

厳しい口調が突然変わって、野崎は頭を上げて「はい?」と聞いた。

「知ってる? セリザワ、離婚するってさ」

「まじですか」

そのニュースは知っていたが、黒沢があまりに得意げなので、野崎は初めて聞くふりをした。いや、あれ、この話、俺誰かにした気がする。

「せっかく売れても女関係揉《も》めて、離婚されて金取られてって。シューサン良かったじゃん、売れてないし、結婚もしてないし」

「よかった、です」

痛烈な皮肉を、野崎はただやりすごした。こういうときに口答えをして、いいようになったためしがない。

一時間後、矢田たちがその店に合流してきた。野崎はそのときからの記憶がいっさいなかった。

翌日、帰りの新幹線で黒沢にそう告げると、黒沢は「え、あの子たち来たっけ？」と真顔で答えた。

「今日はシューサンに用があったりなんかしてね」

秋になって、いつもの「あみどん」に、広田はやって来るなりそう言った。そして黒沢に「ちょっとシューサン、三分借りていいかしら」と断ってから、野崎に話を始めた。

それは「カスタマイズ」誌ではなく、広田の会社の「メゾン」という女性誌の依頼だった。猫の特集号を作るにあたり、巻頭に猫についての詩を入れたい。しかし、これまでの有名な詩人や作家の、猫に関する名言などをいろいろ探してみたが、どうもぴんとくるものがない。そこで、雑誌としては異例の、この特集号自体のオリジナルのテーマソングを作ってしまうのはどうだというアイデアが出た。巻頭に詞を載せ、実際にその歌をネットで聴くこともできる。

「って相談を、受けたりなんかしたわけでね」

この数年で野崎もよくわかったが、確かに、広田ほど音楽業界にも精通している編集者はなかなかいない。しかも、文学の世界でも名だたる作家たちからの信頼が厚いという。

「おばさまなんだけど、美人編集長で有名な女性だったりして、こればっかりは断れなかったりするわけなんだなあ、僕って者は」

広田は一人頷きながら言った。

「それでまず浅田ちゃんに相談なんかをしてみたらば、シューサン、ずっとニャニャコを飼ってたりするっていうじゃない」

「ニャニャコ」

その言い方に引っかかって野崎は繰り返したが、広田はそれを無視して続けた。

「詞も書けて、曲も作って歌も歌えて、それでニャニャコ好きだったりなんかして、さらに正直なこと言っとくと、ちゃんとギャラは払うけど、莫大《ばくだい》な金額は無理だったりなんかするのね。で、締め切りもちゃんとある。大物には頼めない。そのへん、全部ひっくるめると、シューサンがぴったりじゃんってことになったというわけ」

「はあ、ありがたいお話ですが」

野崎は嬉しさを感じつつ、広田の冷静な自分への評価に心の中でそっと溜息もついた。すると、黒沢が刺身に箸を伸ばしながら、口を尖《とが》らせた。

「俺、シューサンが猫飼ってるなんて初耳なんだけど」

「言ってないと思いますから」

「冷てえなあ」

「え、なんでですか」

「友達じゃん、猫飼ってるとか普通、最初のうちに教えない？」

「いや、言うきっかけが一度もなかったからですよ」

「なんだかなあ、シューサン、俺に隠し事してるのかと思うと、なんか寂しいなあ」

「隠し事じゃないですってば」

野崎は勘弁してくださいという顔で頭を下げた。

「なんていうの名前、猫」

「ディオンヌです」

黒沢の問いに、野崎は少し照れながら言った。

「ペヤング?」

「それ焼きそばです」

「ドミンゴ?」

「中日にいたピッチャーです」

「ホイットニー・ヒューストン?」

「の、叔母さんです」

「シューサン、それ間違いね。ディオンヌ・ワーウィックはホイットニーの叔母さんじゃなくて、年の離れた従姉妹《いとこ》」

「え、そうなんですか」

「ドゥーユーノーザウェイトゥサンノゼ」

「ウォウウォウウォウォウォウォウォウォウォ」

いきなり広田がディオンヌ・ワーウィックの名曲を無駄に上手に歌い出し、黒沢が自分の歌では決して出さない高音でコーラスをつけた。野崎は今度は自分がそれを無視して、広田に聞いた。

「あの、それで僕はいつまでにどんな詞を」

「そのへんは、後で『メゾン』の編集部の担当から連絡させたりするから、とりあえず僕って者は、ネクストマンデイが引き受けてくれたよって伝えとくね」

「ありがとうございます」

「イエーイ、シューサン、それで再ブレイクだ」

黒沢がメビウスに火をつけて笑った。しかし野崎が「頑張ります」という顔をすると、黒沢はすぐに「あ」と何かに気づいた顔をした。

「ブレイク、そもそもしてなかったね」

「うるさいですよ」


「あみどん」を出て、広田は編集部に戻り、カノンがあと三〇分ほどで合流してくるという時間に、黒沢は野崎をバッティングセンターに誘った。

「黒沢さん、野球好きって俺聞いてないですよ」

「言ってなかったっけ」

「冷たいなあ。可愛い後輩には教えるもんですよ」

野崎は先ほどのやりとりを、そのままやり返した。

「あ、でも言ってなくて当然だわ。俺、野球知らないもん。いま南海ホークスってもうないんだって？」

「じゃあ」

なんでバッティングセンターなんですかという意味で野崎が言うと、黒沢は「行けばわかるって」と笑った。

新宿の終夜営業のバッティングセンターに行ってみると、確かに野崎は黒沢の言う意味がわかった。スポーツなど無縁だと思っていたが、黒沢のスイングは鋭く無駄がなく、空振りを一度もせずにライナー性の当たりを放っていた。野崎は待合スペースとバッターボックスを仕切るドアを少し開け、そこから顔を出してその様子を見守っていた。

「うまい？」

「うますぎです」

「俺、ルールは知らないんだけど、バットで打つのとかバスケのフリースローとかボウリングとか卓球とかテニスとか、だいたいうまいんだよね」

「聞いてないです」

「言ってねえもん」

「でも、まじですごいです」

「ギターとセックスも、そこそこうまいと思うよ」

「聞いてません。の前に黒沢さんがそれ、一緒にしちゃだめです」

「そう？」

黒沢はふっと笑って、隣の打席が空いたのを見て、野崎にそちらに入るよう促した。野崎は頷いて、黒沢に背を向ける位置で右打席に入った。最初の三球は、バットにかすりもしなかった。

「黒沢さん、聞いていいですか」

一〇球近くでようやくファウルチップになるくらいは当てられるようになってきたところで、野崎は少し顔を後ろに向け黒沢に言った。

「バッティングとペッティングのどっちがうまいか?」

「聞いてないです」

黒沢はちょうど二〇球が終わったようで、また百円玉を入れ直していた。野崎は、酒を飲んでしまうといつもタイミングを逸してしまう、いつか聞きたかったことを聞いてみた。

「黒沢さんって、どうして詞を人に頼むんですか」

野崎はまた二球続けて空振りした。黒沢はさっそく新たな一球目を、きれいに響く音で打ち返した。

「簡単だよ。才能がないんだよ」

「ないって」

「ゼロじゃないよ。でも曲が一〇なら、詞は五ない」

「本気でおっしゃってます?」

「本気と書いて、まじ」

黒沢は曲はすべて自分で作るが、詞のほぼ半分は自作で半分は外部に頼む。ただ、黒沢を知れば知るほど野崎は感心してしまうのだが、その境目がよくわからない。どちらも、黒沢らしい詞になっている。浅田も、若いバンドに書く詞と黒沢に提供する詞では、明らかにテイストが違う。

「すごく雑なこと聞いていいですか」

「すごく雑なことは聞きたくない」

「じゃあ、ちょっとだけ雑に聞きます。自分で詞を書かれるときって、どうされてます？」

「ウルトラスーパー雑だな、それ」

黒沢が笑った。その瞬間、きれいなミートの音が初めて芯を外した鈍い音になった。野崎はまだ、打ち損ねのゴロくらいしか前に飛ばせなかった。そして二〇球が終わり、野崎も百円玉を入れ直した。

やがて、黒沢は打ち終わると打席を出て、待合スペースから野崎の後ろへと回った。そして二球様子を見た後で言った。

「シューサン、腰をもっと落とす。ガニ股くらいの気持ちで」

突然のコーチに、野崎は言われたとおりにした。

「体の真ん中くらいからバットが生えてる感覚。手だけで振らない。振る瞬間、ちょっと前に踏み出す。そのとき体重を乗せる。ボールはバットに当たるところまで見る。当たったらそこで止めないで、最後まで振り切る」

一球ずつ、黒沢はそうやって野崎にアドバイスをし、球が切れるとすぐに追加をした。野崎が驚いたのは、言うとおりにしていくと、次第にバットがボールの芯を捉え始めたことだった。

野崎が驚いて振り返ると、黒沢は「だろ」と得意げな顔をした。

「さっきの話だけど」

野崎のバットの軌道をチェックしながら、黒沢がのんびりとした口調で言った。

「俺の中でのコツみたいなのは、ただひとつ。詞は誰かに向けて書く、それだけ」

「誰か」

「誰か。ファンとかそういう不特定多数じゃない。近くの誰か。恋人でも友達でも親でもいい。結婚しちゃった昔の彼女でも、死んでもう会えない友達でも、飯屋で見かけた可愛い店員だっていい。そういう特定の誰かにあてて書く。だからこそ、それは不特定多数にも届くと、俺は思い込んでるんだよね」

野崎は黒沢の言葉の意味を頭の中で繰り返し、二球空振りした。

「腰がまた上がってる」

黒沢に言われ、野崎はまたぐっと足を開いて重心を下げた。

「黒沢さん」

野崎は感謝の言葉なのか質問の言葉なのか、自分でも何を言おうとしているのかわからないまま声をかけた。次の球はゴロになったがカキンと気持ちのいい音が響いた。

「それを、全曲やる才能が俺にはない。だから俺が信じる作詞家にそこの力を借りる。たとえば浅田に、俺がいまどんなことを考えてるのか、どんなことを思ってるのか、誰にどんなことを伝えたいのか、漠然としてることを伝える。すると浅田は、それを一度、自分の中に落とし込むんだ。そして浅田なりに伝えたい相手に、いちばんふさわしい方法で詞にしていく。たぶんね」

野崎はただ黙って、バットを振った。もう少しで、黒沢の言わんとしていることを理解できそうだった。

「シューサン」

「はい」

「どう、俺のアドリブ」

「へ？」

「いま、口からでまかせでそれっぽいこと言ってみたんだけど、なかなかよかっただろ？」

「まじですか」

野崎は思わず背を伸ばして振り返った。時速九〇キロの球が、どすんと通り過ぎていった。

「本気と書いてまじ。作詞も作曲も、必要なのはただ、魅力と技術だよ」

黒沢はそう言うとにやりと笑った。最後の球が、またどすんとホームベース後ろのマットに当たった。

「シューサン、バット振らなくちゃ当たらないよ」

いつのまにかやって来ていたカノンが、黒沢の後ろでおかしそうに笑った。

「近所に代々木公園なんて、すごく羨ましい」

麻由子はそう言うと、芝生に広げたビニールシートの上で、「んーっ」と声を出して気持ちよさそうに伸びをした。薄手の紺のニットに浮かぶ胸のラインに、野崎はちらっと目をやってから、来るときにコンビニで買った白ワインをそれぞれの紙コップに注いだ。

「通り抜けたことはあるけど、こうやって座ったのは初めてだよ」

「もったいない」

「だってこんな風に休みにのんびりすることも、そうないからね」

「周ちゃん、忙しいもんね」

「いや、暇なときも多いけど、出かけるか部屋にいるかだから」

野崎は麻由子を真似て、「んーっ」と伸びをした。午後四時を回って少し肌寒くなってきたが、それでも確かに大きな空に向かって体を伸ばすのは気持ちがよかった。

「ねえ周ちゃん、ディオンヌはあれ、遊んでくれてる?」

「残念なお知らせだけど、初日で飽きた」

「ひどいなあ、ディオンヌ」

麻由子は泣き真似をしながら言った。もう五ヶ月ほど前になるが、麻由子は買っておいた猫じゃらしを持って、野崎の代々木八幡の部屋を訪れた。そして新しいおもちゃに興奮するディオンヌが、熱心に猫じゃらしに飛びつく様子に、小さな女の子のようにきゃっきゃっと喜んでいた。しかしディオンヌが飽きっぽいのか、猫というものがそうなのか、次の日になると床に置かれた猫じゃらしに、一瞥《いちべつ》もしなくなった。

「ディオンヌ、いまいくつになったの？」

「一一歳。こないだ聞いたんだけど、人間だと六〇歳なんだって」

「還暦？」

「の、おばあちゃんは猫じゃらしで遊ばないでしょ」

野崎は笑った。麻由子は少し悔しそうな顔をして、崩していた足の向きを右から左へ変えた。

「いつから周ちゃんのところにいるんだっけ？」

「大学出てすぐ」

野崎は「麻由子と別れた後」と言いそうになってしまい、その言葉を呑《の》み込んだ。

「小さいときに飼ったりしてたの？」

「いや、全然初めて。あれ、そのきっかけの話ってしたことなかったっけ？」

麻由子は「ううん」と首を横に振った。

「ベースの岡《おか》、覚えてる？」

「うん」

まだ六人組だったときのバンドのメンバーで、野崎とも麻由子とも同級生になる。一八五センチの長身で無精髭《ぶしょうひげ》が似合う、誰もが認める二枚目だった。火は消しているくわえ煙草でベースを弾く岡を目当てにしている女性ファンも少なくなかった。

岡は声も渋い低音で、決してはしゃいだり声を荒らげたりするようなタイプではなかった。そんな岡があるとき、野崎たちに飼い猫が子猫を三匹産んだという話をし、その写真を見せた。そこには、ベッドの上に横たわっている岡の胸から腹にかけて、後のディオンヌを含め三匹がきれいに並んで眠っていて、さらにへそのあたりに、母猫が頭だけを載せてベッドに横たわっていた。

「想像するだけで可愛い」

麻由子が笑った。しかしそのとき野崎は猫の可愛らしさよりもまず、岡が一度も自分たちに見せたことがない、弾《はじ》けんばかりの笑顔を見せていたことに驚き、続いて岡をここまでにしてしまう猫の存在に急激に魅せられていた。

「なんかね、変な言い方になるけど、猫いると俺もあんな風に笑えるかなって、急にそう思ったんだよね」

「笑えてる？」

「わからない。でも、いまになってみると、ディオンヌがいない部屋のほうが考えられないよね」

麻由子は「ふーん」と嬉しそうな顔をした後で、少し目を伏せ、くくっと笑った。

「その写真がきっかけって、実は、ディオンヌよりも岡くんを好きだったなんてことはない？」

「まさかの疑惑浮上」

野崎は大げさに驚いてみせて、やがて麻由子と目を合わせて噴き出した。

「いまちょうど、猫についての曲を書いてくれって頼まれててさ」

「本当？　周ちゃんにぴったりじゃない」

「って言われたんだけど、いざとなったらどんなこと書けばいいのか、さっぱり思い浮かばなくてスランプ中。というかいま、現実逃避中」

野崎はそろそろ夕暮れが近づく気配がある代々木公園を見渡すようにして言った。

「ディオンヌのことを書くんでしょう？」

「ディオンヌのこと？」

野崎は麻由子を見た。麻由子は当然のような顔をして小首を傾《かし》げた。

「ディオンヌそのもののことは、あんまり考えなかった」

「私はさっきみたいに、周ちゃんからディオンヌの話をもっと聞きたいよ」

「ディオンヌの話」

野崎はそう呟いた。ふと、バッティングセンターでの黒沢との会話がよみがえりそうだった。そして、その話が何かと結びつきそうな気がしたが、まだそのイメージは漠然としたままだった。野崎は一度そちらを考えることを諦め、麻由子に返事をした。

「ディオンヌの話は、またそのうちにね」

「猫の話をそのうちに」

麻由子は嬉しそうに頷いた。野崎はその言い方がおかしくて、同じ言葉を繰り返した。

「猫の話をそのうちに」

ディオンヌのどんな話をしたら、麻由子はさっきみたいに笑うだろうかと、野崎は思った。

「寒くなってきたね」

麻由子が腕をさすったのをきっかけに、二人は立ち上がった。麻由子がワインやバッグをまとめ、野崎はビニールシートをたたんだ。

「実はね、ときどき茨城に帰ってるんだ」

紙コップを重ねながら、麻由子が言った。野崎はそれがどういうことを意味しているのか、想像しそうになって、そしてあまり考えたくない自分がいることにも気づいていた。だが何か返事をしなくてはならない。しかも深刻になりすぎず、しかし話をごまかすようなことにもならないくらいの返事だ。

「それは、麻由子にとっていい話？　悪い話？」

頭の中ではぐるぐるといろいろな考えが駆け巡っていたが、野崎はすぐにそう聞いた。

「その、どっちになるかわからないことを、話しに行ってるって感じかな」

「そっか」

「うん。ごめんね急にこんな話」

「ううん」

野崎は笑みを浮かべて首を横に振った。我ながら無難な話の流れと相槌《あいづち》だなと思った。

「ディオンヌにお説教しなくちゃ」

麻由子のほうから話を変えた。先ほどの猫じゃらしの話と、そのときの雰囲気に場を戻そうとしているのが、野崎にもわかった。

「察して、いまごろどっかに隠れてるよ」

麻由子からバッグとワインボトルを受け取りつつ、野崎はそう言って笑った。

夕暮れが　照らす横顔を見たいから
神宮球場に今日君を　連れて行こう

外よりも　寒くなるから一枚持って
できればあのベージュのカーディガン
胸の　控えめなラインが好き
先発の調子より　ちょこんとミニスカートの裾に
置いたハンカチも　気になる

ふてぶてしいマスコットが
のっしのっし出てきたよ
突然君ははしゃぎ出すのさ

友達か仕事かわからないけど
きっと何かがあったんだね　もうわかるよ

「イエーイ、シューサンいまどこ?」

いつものように黒沢から電話がかかってきたとき、野崎は昨夜夜通し曲を作っていたせいで、いま何時なのか自分が何時に寝たのかも、まったくわからずしばらく頭が動かなかった。

「家です」

「郡上八幡《ぐじょうはちまん》だっけ」

「それ岐阜です。代々木八幡です」

ぼんやりした頭でもなんとかそう答え、いつも時間を確認する携帯電話は耳にあててしまっているので、野崎は眼鏡をかけて暗闇の中でリモコンを探した。

「いま俺、どこにいる?」

「僕に聞かないでください」

野崎が溜息をつき、テレビをつけて午後八時すぎだと確認すると、電話の向こうのほうで「三《み》宿《しゅく》、三宿」とカノンの声が聞こえた。

「三宿だって。シューサン近くでしょ」

「全然違います」

最初のうちは冗談かと思っていたが、二五年以上東京に住んでいるのに黒沢は、地図で言えば中央線の下、山手線の左、つまり渋谷区や世田谷区や目黒区の土地はまったく頭に入っていない。

「飲もうよ。その近江八幡《おうみはちまん》のほう行ってもいいよ」

「ちょっと待ってくださいね」

野崎はすぐ出かけることになるのを覚悟し、ディオンヌの飲み水の皿を交換しながら、急いで黒沢にいちばん時間も移動も手間も取らせないで済む店を考えた。そして、妥当なところを思い出して言った。

「そこからタクシーすぐで池尻大橋ってところがあるので、そこに向かってください。いまカノンちゃん一緒ですよね?」

「あれ、どうしてわかったの? どっかで見てる?」

「僕も急いで準備して出ますので、後はカノンちゃんに店の場所とかメールしときます」

野崎は無視してそう続けると、「じゃあ」と返事を待たずに電話を切り、顔だけでも洗おうと洗面所へ向かった。

三〇分後、野崎が指定した池尻大橋のバー「アマルコルド」に入ると、黒沢とカノンはすでにマスターの坂田《さかた》と盛り上がっていた。

坂田はまだネクストマンデイが二人組だったころのミュージシャン仲間で、四人組バンドのボーカルだった。やはり売れずに解散してしまったが、その後、しばらく渋谷のバーで修業した後で、自分の店をオープンさせた。

音楽知識に関して本人は「ただのオタク」と言うが、それはロックやポップスだけでなく、歌謡曲でもワールドミュージックにおいても誰もかなわなかった。その中でもとりわけ映画音楽のマニアで、店名も、本人曰《いわ》くフェリーニの映画ではなく、そのニーノ・ロータの主題曲から取ったらしい。そんな店なので、ミュージシャンや音楽評論家の客が多かった。

「野崎さん、あちらお勘定済みだからちょっと待ってもらえますか」

坂田は奥の四人掛けのテーブル席に目をやった。四〇歳くらいの男と二〇歳くらいの女がいて、後は六席のカウンターの端に、四五歳くらいのスーツの小太りの男が座っていた。野崎は坂田に頷いてから、黒沢とカノンの隣に座った。

「シューサン、イエーイ」

「いいお店、シューサンありがとう」

野崎は坂田に生ビールを頼み、「いえいえ」と首を横に振った。黒沢はさっそく壁面に何百枚と並ぶレコードを肴《さかな》に、坂田と話し込んでいた。坂田もミュージシャン相手は慣れてはいるが、初めて会う黒沢とその話の面白さに、嬉しそうに応対していた。

テーブル席の客が帰り、黒沢は「このままでいいよ」と言ったが、次の客が来て黒沢がカウンターの真ん中にいるのもどうかと思い、野崎は二人を奥へ促した。

「やっぱりシューサンは冷たいよ」

「なんですかいきなり」

急な電話に対応して、こうして黒沢が喜びそうな、かつカノンと一緒でも落ち着ける店をすぐに手配したのにという気持ちを込めて、野崎は少し口を尖らせた。

「猫飼ってるのも聞いてないし、こんなお洒落《しゃれ》な街で飲んでるのも初耳だし」

「お洒落な街って」

「まあ、シューサンのいまいちなとこって、そういうとこなんだよ。洒落たとこに住んで洒落たとこで飲んで、洒落た連中とつきあってたら、音だってそりゃ上っつらになるよ」

どうやらすでに三宿で飲んでいたらしく、黒沢の説教モードはいきなり始まった。黒沢が前々から、東京の南西側を一緒くたにして毛嫌いしているのは知っていたので、言い返すのはやめた。

「ここ、気に入っていただけたかと思ってました」

「ここ？　うん、すごい気に入った。彼、すごく詳しいね」

黒沢は坂田のほうにちらっと目線をやってから、うんうんと頷いた。

「どっちですか、もう」

野崎は溜息をついて、ビールをごくりと飲み込んだ。そして黒沢がメビウスを口にくわえたので、すっと自分のライターを目の前に差し出した。

「あ、ちょうどよかった。七〇年代のイタリア映画でさ、前から知りたかったサントラあるんだよね」

黒沢はそう言うと、ハミングでそのメロディーを歌い出した。野崎は「わかりません」と首を横に振った。

「それこそ、坂田くんのいちばんの得意分野だと思いますよ」

「ちょっと聞いてくる」

黒沢はそう言うとまたカウンター席に戻り、坂田に同じようにハミングで歌った。すると坂田はしばらく棚を探した後でレコードを取り出すと、テクニクスのプレイヤーの上に置いた。やがて、店内に黒沢のハミングどおりの曲が流れた。黒沢はサングラス越しに顔を崩し、坂田と「イエーイ」とハイタッチをした。そして、テーブルに戻るとビールと煙草を持って、「ちょっとあのサントラの話してくる」と、また坂田の前に座り、さっそく熱心に語り出した。

「置いてけぼり」

「でも楽しそう」

野崎が溜息をつくと、カノンは黒沢のほうを嬉しそうに見つめた。野崎も自分への説教が自然になくなってほっとしていた。

それからも黒沢は坂田との話題がつきないようで、なかなか戻ってこなかった。

店のドアが開き、女性客が一人で入ってきた。野崎は見覚えがあった。いつもこの店に一人で寄る、竹田《たけだ》という女だ。前に話しかけられたとき、同い年だと言っていたので三四歳くらいだろう。ウェブデザインの会社に勤めているとは聞いたが、どういった職種かまでは知らない。やたら常連ぶりたがり、他の客に対しても偉そうな物言いが多いので、野崎はできるだけ隣の席に座らないようにしていた。

竹田は「おつかれ～」と坂田に馴《な》れ馴《な》れしく挨拶をしながら、カウンターの端の男の隣に座った。そして右側を見て、そこに黒沢光がいたことにもすぐ気づいたようだったが、わざと顔に出さないようにしているのが、野崎にはわかった。そして首を伸ばして、奥のテーブルにたまに見かける、自分には愛想の悪いミュージシャンの男が、女連れで来ていると確認したようだった。

野崎は黒沢に早く自分たちのテーブルに戻ってきてほしかったが、坂田が教えたレコードの裏ジャケットの写真やクレジットに、夢中になっているようだった。

「何飲んでるの？」

竹田は黒沢の存在に体中の神経を引っ張られながらも、とりあえずときどき会うのであろう隣の男に声をかけた。

「シャンパン」

「シャンパンって、いまどき言う？」

男は実際には焼酎の水割りを飲んでいて、おそらく冗談のつもりだったのだろうが、竹田はその言い方自体にふんと鼻で笑って、坂田に赤ワインのグラスを頼んだ。

それから二〇分ほどは、黒沢と坂田がかなりマニアックなイタリアの映画音楽家について語り合ってはその曲を坂田がかけ、野崎はカノンと互いに「最近あった黒沢のおもしろ話」で盛り上がった。竹田も、隣の男が優しく聞き上手なのか、昨今の飲み屋で知り合った駄目な男についての談義を、偉そうな物言いでずっと語っていた。

その流れが最初に変わったのは、カノンの様子からだった。野崎は途中から、カノンが話に身が入っておらず、どこか悲しげで、そわそわし始めたのに気がついた。

「どうかした？」

カノンは寂しそうな目でふっと肩をすくめた。野崎はあたりの気配を探った。

黒沢は相変わらずレコードを見比べて坂田を質問攻めにしている。そんな風に放っておかれていることを、カノンが気にしているわけではないようだった。では自分が何か失言をしてしまったのだろうかと野崎は思ったが、いままでの話を辿り直しても、失敗をしたようには思えなかった。

「ほら、そういう世界って、結局女売っていかなくちゃやってけないじゃん」

「そういうものなの？」

「だいたいそうだって。私、けっこうそういう話って聞くのよね」

注意をしてみると、竹田が下衆な話をしているのが聞こえてきた。

「いま言った芸人でしょ、あとね、ソロの若手ミュージシャンでしょ、誰でも知ってるバンドのギターでしょ、有名な司会者」

雰囲気で、女性タレントがどんな男とつきあっているかといった噂話の類だろうということはわかった。野崎は何度となく、素人がそんなことを語る現場を見てきたが、竹田の言い草はとりわけ下品だった。

「そういう人って、ほぼいじってるしね。胸も入れてるし、目は確実にやってるでしょ。あとたぶん、リフトアップもしてる。そういう人たちがお忍びで行くクリニックで、自由が丘に有名なとこあるの。うん、だいたいそこでやる人が多いよ」

「詳しいねえ」

「私はそっちの人間じゃないんだけどね、知り合いにけっこう業界の人とか多いから、聞いてなくても話が入ってきちゃうっていうか、なんかみんな、私には気を許すらしくてよく喋ってくるの」

見知らぬ客だったとしても、充分に苛立《いらだ》ち、そして次第に不憫にすら思うような現場だった。

野崎はカノンを見た。カノンはまだ、少し俯《うつむ》き加減で、ハイボールのグラスの水滴を、すっと指でなぞっていた。その瞬間、野崎は「まさか」と思った。その雰囲気が伝わったのか、カノンは野崎に目を合わせ、無理に笑顔を見せた。

「芸人さんは会ったこともない。若いミュージシャンの話は本当。ギターの人はよく飲み会で一緒になったけど、その彼氏と一緒のときだった。司会者の人は昔、タレントしてたとき現場では何度かお会いしたけど、それだけ。でも全部、ネットとかでちょっと書かれたりした人たち」

カノンは小声で、淡々とそう野崎に告げた。

竹田は、奥の席にいるのが元タレントのカノンだと気づき、わざと彼女の噂話を、よくある芸能人のことのように隣の男に、べらべらと喋っていたのだ。

「よく知っててくれるなあ」

カノンは無理に明るくそう言った。野崎はかっと体が熱くなっていくのを感じた。

「でもね、豊胸はしてないし、ここもいじってないよ」

カノンは自分の首筋から耳元にかけてをつんつんと指でついて笑った。

「だけど目の話は本当。高校出るとき二重にしたんだ。でも、さかさまつげがひどかったから、ちゃんと眼科の手術だったんだけど、したことには変わりないか」

カノンは自嘲気味にそう言うと、少し笑った。こちらのほうに斜めに背を向けていながらも、竹田の声は坂田がかけるサントラの間を縫っていちいち聞こえてくるようになった。もしかしたら、あの女はわざと聞こえるように言ってるのかと、野崎は次第に体の震えが止まらなくなってきた。

「でもさ、逆に大変だよね。そうでもしないと仕事やってけないって、私的には絶対に無理だもん。尊敬しちゃうかも」

「よかった、尊敬してくれてる」

カノンの空元気の声にはすでに鼻声が混ざり始めていた。野崎は立ち上がると、カウンターのほうへと歩いていった。カノンが小さく「シューサン」と呼び止めたが、右手で「大丈夫」という素振りをして、そこにいるように伝えた。

野崎は竹田と黒沢の間にある三席の、ちょうど真ん中に座った。そして「どうした?」という感じの黒沢と、何事かだいたい察していた様子の坂田に、「すいません」という風に小さく頭を下げた。そして、前を向いて、すーっと一度息を吸い込んでから言った。

「ここは払っといてやるから、帰れブス」

竹田より先に、その向こうにいる男のほうが驚いたように野崎を見た。野崎はそこから体を動かさず、ただ前を見ていた。やがて、竹田がまさかという顔をしながらゆっくりと振り向いた。

「え」

「えじゃない。おまえがいると酒がまずくなる。そもそもおまえごときに、侮辱される筋合いもない」

野崎は静かに言った。竹田は一度青ざめた顔になったが、すぐに慌てた様子と弁解と、それを上回る怒りを露《あら》わにした。

「はあ？　何言ってんの」

「とぼけるつもりならそれでいい。じゃあこちらも一方的に独り言を言うから聞いてくれ。世の中に出る仕事をしている人間は、あることないこと言われるのはしょうがない。それを覚悟してその仕事をしている。根も葉もない噂が出ることもしょうがない。ただし、プライベートな現場で明らかに誹謗《ひぼう》するような物言いは許さないし、俺が同席してる女性を傷つけるなら、黙って見過ごすわけにはいかない」

「だからなんなの。こっちで話してることに、勝手に入ってきて、馬鹿じゃないの」

竹田は一気に声を荒らげた。野崎はすっと左手でそれを制した。

「そうだった。すまない、これは独り言だ。三〇過ぎてろくなメイクも髪型も知らないような、足の太い三越の包装紙みたいなワンピースの女がいたとする。そいつはきっと、仕事もたいしてできないんだろうが、自分を特別だと勘違いしてるタイプだ。当然寄ってくる男もいないが、寄ってこないのは男のせいだと思い込もうとしている。そして夜な夜なバーに一人で来ては、常連を気取り、手慣れた女を演出しようとしてる。話す内容もいちいち薄っぺらい。ときには、きちんとした年上の男にも、シャンパンとかださくない？　などと、的外れな指摘をして悦に入っている。でも実際はどうだ？　その女が帰ると客は皆、笑いもしない。まず、いい女ぶった不細工で不憫な奴だと溜息をついて、その女が残していった嫌な空気を追い出そうとしてる」

野崎はそこまで一気に言うと、少しだけ黒沢を見た。サングラスの奥の目が、笑っているのか困惑しているのか、野崎にはわからなかった。

「そんな女に、他の女性の悪口を言う資格はゼロだ。人を傷つける前に、自分のしつけをなんとかするのが先だ。わかったらとっとと帰ればいい」

野崎はそこまで言って、これは独り言だという設定を思い出し、つけくわえた。

「そういう奴がもしいたら」

竹田は怒りの表情が今度はただただ無表情になっていた。そして財布から千円札を取り出し目の前に置き、立ち上がると無言で野崎の頭の上からワインの残りをかけた。野崎はやられるままにしておき、心のどこかで、こんなドラマみたいな現場が本当にあるんだなと、少しだけおかしくなった。

何か最後に悪態をつくかと思ったが、そこから竹田は何も言わずに出て行った。

それからしばらく、誰も何も言わなかった。坂田がかけていた、六〇年代のイタリアのコメディ映画のサントラが軽快な旋律を奏でていた。やがて、端の席の男が「私もここで」と勘定をした。野崎は黙って立ち上がり、その男に深く頭を下げた。男は「いやいや」という風に、どこかおかしそうに笑って出て行った。

「黒沢さん」

ずっと黒沢が無言なので、野崎は気分を害してしまっただろうかと頭を下げ、いまの状況の意味を説明しようとした。

野崎が黒沢に呼びかけたタイミングで、カノンがやってきて、黒沢の右後ろに立ち、そっと二の腕あたりに手をやった。シューサンは私のためにこうしてくれたの、という意味が充分伝わる仕草だった。

黒沢がどのタイミングで状況をすべて把握したのかはわからなかったが、やがて野崎に言った。

「シューサン」

「はい」

「あの子が可哀想」

野崎は一瞬、怒られるかと身構えたが、黒沢の口元は笑っていた。野崎はほっとして言い返した。

「そんな」

「あそこまで言わなくていいじゃん」

「確かに、ちょっと言い過ぎました」

「三越の包装紙はないわ」

「そこですか」

野崎は自分でも気づかなかった緊張がそこで解け、へたへたとカウンターに手をついた。頭からまたぽたぽたとワインがこぼれてきて、丸首のニットに染みを広げた。

「シューサン」

今度はカノンが言った。

「あの人、可哀想だった」

「そんなあ」

野崎はわざとそう言い返したが、カノンの口調には、きちんと感謝が込められていた。

「三越の包装紙はひどすぎ」

「だからそこじゃないでしょ」

「野崎さん」

今度は続けて坂田が言った。

「俺が可哀想です」

「え」

野崎は思わぬ台詞に坂田の顔をまじまじと見た。

「三越の包装紙でも、けっこうお金落としてくれる常連だったんですよ」

「それは本当に申し訳ありませんでした」

野崎はすかさずカウンターに手をつき、頭も押しつけるまで下げた。うなじにワインがつたった。

「それにしても、最近思うんだけどさ」

黒沢がメビウスに火をつけながら言った。

「シューサン、なんか説教臭くなってない？　気をつけないと、若い人に嫌われるよ」

野崎は必死に「あんたが言うな」という台詞を堪えて、さらにカウンターに頭を押しつけた。

大学時代のバンドのベース、岡研一《けんいち》が地元の岐阜で結婚するという連絡が入った。

当時のメンバーたちで連絡を取り合い、それを機に久しぶりに集まることになった。地方にいるキーボードの和久津《わくつ》とドラムの品川《しながわ》はそれぞれ岐阜へ向かい、東京にいる野崎と川島、そしてボーカルの鮎川真美子《あゆかわまみこ》の三人は、川島の日産キューブで夜中のドライブがてら向かうこととなった。

川島は二人体制のネクストマンデイ解散後に入社したイベント制作会社でいまも働いていて、上の娘は小学生、二人目の娘は保育園に通っている。アユマミと呼ばれていた真美子も結婚して寺井《てらい》という苗字《みょうじ》になり、宅配野菜の会社に勤めながら、二歳の娘を育てている。

ワッツと呼ばれていた和久津は地元の大分で叔父から継いだデザイン会社を経営している。チャーリー・ワッツに心酔していて、和久津のそのニックネームを羨んでいた品川は、家電メーカーの大阪支社に勤務している。

野崎はその日、夜の八時に高円寺の真美子の家の近くで、二人と合流することにしていた。

その夕方の五時過ぎ、黒沢から電話がかかってきた。

「イエーイ、シューサン、行こうか」

「すいません、今日予定が」

「え、何時？　俺はもういまから大丈夫なんだけど」

「八時に高円寺で」

「まじ？　上京したとき、最初に住んだの高円寺だよ。ちょうどじゃん」

「何がちょうどなんですか」

相変わらずの黒沢のマイペースぶりに、野崎はそっと溜息をついた。

結果、野崎は三〇分後に、黒沢が当時よく行っていたという高円寺の焼鳥屋にいた。店には本当に黒沢のサイン色紙とポスターが貼ってあり、店員も客も、本物の黒沢の登場にひとしきり騒然となった。

「え、旅行行くの？」

「昔のバンド仲間が結婚するんですよ」

野崎はやや大ぶりのバッグに目をやって頷いた。

「冷たいなあ、最近シューサン、冷たいことばっか」

「ちょっと待ってくださいよ、何が冷たいんですか」

ビールで乾杯すると、黒沢はふーっとメビウスの煙を天井に吐き出してそう言い、野崎はわかりやすく口を尖らせた。

「こんだけつきあい長いのに、シューサン知らないことばっか。旅行とか普通友達なんだから言わない？」

「普通、わざわざ言わないと思います」

「ほら、その言い方がすでに冷たい」

今度は黒沢がわかりやすく口を尖らせた。

二人ともめずらしくチューハイに切り替えて飲んでいると、時間はあっという間に過ぎ、野崎はちらちらと店の壁にかかっている時計に目をやった。

「でさ、こないだのライブのときに初めてやった曲なんだけどさ」

　黒沢は野崎のそんな素振りに気づいているのかいないのか、次から次へと新しい話題を振った。野崎は七時四五分になったときに、耐えきれずに切り出した。

「黒沢さん、あの、そろそろ」

「え、まだ全然早いじゃん。なんで？」

「なんでって、これから予定が」

「俺と飲む日に予定入れるって、それないんじゃない？」

「予定が先でそれまでおつきあいしますって」

「言ったじゃないですか」という言葉を呑《の》み込み、野崎はセブンスターの煙と一緒に、今日何度目かの大きな溜息をついた。そしてテーブルの下で川島に、「ごめん少しだけ遅れる」とメールを送った。逆算して考えれば、もう勘定を頼まないと間に合わない時間だ。野崎は、八時ちょうどに「もう間に合いません」と黒沢に時計を見せて、そこで諦めてもらおうと算段した。

「シューサン」

　すると黒沢が自分から店の時計を見て言った。よかった、わざと意地悪をしているだけで、勘定を頼もうとしてくれるのか。

「これ、同じのもう一杯。シューサンも頼みなよ」

　やはりそうはいかないか。野崎はくらっとしながらも、やむを得ず店員を呼んだ。

そして時間はあっというまに八時を過ぎた。野崎はもうだめだと正座をし、深々と頭を下げた。

「黒沢さん、本当にすいませんがもう行きます」

「カノンと別れたんだよね」

黒沢が言った。野崎は「へ?」と驚いて顔をあげた。黒沢は無表情のままだった。野崎は正座をしたまま、チューハイを口に運んだ。そういえばこの一ヶ月以上、カノンに会っていなかった。カノンだけでなく、黒沢が飲みの場に女を呼び出すことも一度もなかった。

「あの、すいません、俺のせいですか?」

「シューサンの?」

「池尻のバーで面倒な奴に絡まれたときに、その」

「あれ絡んだのシューサンのほうだけどね」

黒沢はくくくと笑った。野崎は頭を下げた。

「それ関係ない。俺の問題」

「何かあったんですか」

「何もないのがよくなくてね。大事なものを手にいれるためには、それにふさわしいくらいの大事なものを、捨てなくちゃいけない」

黒沢はそう言うと、こっくりと頷いた。野崎はしばらくの間、そんな黒沢の顔と、サングラスの向こうの目を見つめた。そして吸いかけの煙草を灰皿に押し付けて言った。

「ちょっと、おっしゃってる意味がわかんないです」

「あれ、わかんなかった？」

「わかんないです」

「ちょっと長い話になるけど、シューサン聞いてくれる？」

野崎は「はい、伺います」とは言わなかったが、すぐに「だからもう旅行の待ち合わせなんですって！」と言い返すこともできなかった。よし、この話だけを聞いて、八時半にはこの店を出ようと野崎は覚悟を決めた。

その夜、野崎が川島と真美子に会ったときには、一〇時をとっくに過ぎていた。


久しぶりのライブは渋谷のライブハウスでの「アンプラグド」というタイトルの三組出演のイベントだった。実際はアコースティックギターでもPA装置に繋《つな》ぐわけで「プラグド」だが、要は弾き語りのライブという意味だ。野崎はトリを務めた。

一組目は二二歳の高梨《たかなし》というソロミュージシャン、二組目はマルチレックというコンビデュオで、いつもはそれぞれバンドサウンドなために、本番前は野崎が心配になるほどガチガチになっていた。その緊張が解けたせいか、マルチレックの出番が始まると、楽屋に戻った高梨は、妙なテンションで饒舌《じょうぜつ》になった。

「野崎さん俺、ネクマン、好きだったんですよ」

野崎はこれから自分の出番ではなかったら、「ちょっと待ちなよ」と言ったかもしれないなと、少しおかしくなった。面と向かって過去形を使われることは、慣れたくはなかったがけっこう慣れている。

「デビューのころって、英語だったじゃないですか」

「そうだね」

「俺まだ中学生とかで、辞書とか引いて歌詞調べましたよ。ほんと、意味なかったっすよね」

噴き出しそうになったが、野崎はなんとか堪えた。前々から思っていたが、どうして自分はこういう口のきき方を知らない連中を呼び寄せてしまうのだろうか。

「でもそれ、かっこよかったんですよね。中三でバンド始めたんですけど、けっこう影響受けましたよ」

「そうなんだ」

「でも途中で日本語に変わったでしょう。あのとき、好きじゃなかったですねえ」

ここまでくると、怒りよりも感心してしまう。それともわざと喧嘩《けんか》を売っているのか、これからの出番を邪魔しようとしているのか、野崎には高梨がこの話をどこに着地させたいのかが読めなかった。

「野崎さん、ここしばらく、何かありました?」

「何か?」

高梨は自分がずっと失礼なことを言っていることなどまったく気づいていないようで、野崎の返しに普通に「うん」と頷いた。

「いや、最近の野崎さん、全然尖ってないじゃないですか。曲も詞も、歌い方も、なんか丸いっすよね」

「そう?」

「いいっすよね、なんかまた、響いてきてますよ」

「あ、そっち」

馬鹿にしているのかと思ったら、まさかの褒める流れだったので、野崎は肩透かしを食らったような気分になった。

「今日、野崎さんに会いたくてこれ、引き受けたんですよ。いやあ、あざす」

「ああ、あざす」

野崎はすっかり高梨のペースに呑み込まれていた。ステージのほうから大きな拍手が聞こえてきた。マルチレックの出番が終わったようだった。

「あ、俺客席で見たいんで、行きますね」

高梨はそう言うと、野崎の返事も待たずに立ち上がり、ドアを開けてフロアの方へ行ってしまった。野崎は最後まで啞然とさせられたまま、ギターに手を伸ばした。

野崎は四五分の持ち時間で、最初に挨拶程度のMCをした後は、七曲を一気に歌った。黒沢の影響というか真似で、最近はこのパターンが多い。

高梨に褒められたせいか、その高梨が見ているせいか、心なしかいつもよりもギターの音の張りが会場の空気にぴったりと収まっていくような気がした。

そして最後の八曲目の前に、今日のライブの感謝を述べてから曲紹介をした。

「新しい曲です。もうネットで聴いてくれた人もいるかもしれないですけど、聴いてください。『猫の話をそのうちに』」


「君に見せたい　君に話したい　猫の話をそのうちに」

代々木八幡の部屋のベッドに腰掛けて、野崎はなるべく隣の部屋に聞こえないようにギターも声量も抑え気味に、「猫の話をそのうちに」を歌った。

目の前で麻由子が床にぺたんと座って、嬉しそうに、その歌に耳を傾けていた。そして野崎が歌い終わると、音はあまり立てずにぱちぱちと、しかし大きな仕草で手を叩いた。

「すごい。よかったねディオンヌ」

麻由子は部屋の隅で仰向けになって伸びをしているディオンヌに話しかけた。ディオンヌは一度麻由子のほうを見たが、興味なさそうに前足をぺろぺろと毛づくろいし始めた。

「素敵な歌だった。ほんとだよ」

「ありがとう」

野崎は素直に頷いた。一〇年以上のつきあいで、麻由子が本気で言っているのかお世辞を言っているのかの区別くらいはつく。

「目の前で歌ってもらったのって、大学のとき以来だよ」

「そうだっけ」

野崎はとぼけてみせたが、自分でもそれは覚えていた。大学時代は真美子がボーカルだったので、歌うのは自分で作曲しているときだけで、その姿を見ているのは麻由子だけだった。

「麻由子がディオンヌのことを歌えばって言ってくれて、それでようやく曲のイメージができてきたんだ」

「お役に立てて光栄です」

麻由子はわざとかしこまった言い方をして、テーブルに置いたワインを一口ごくっと飲んだ。

「詞は麻由子のおかげ、曲は黒沢さんのおかげ」

「黒沢さん？」

「うん。実はこれ、黒沢さんの盗作なんだ」

野崎はギターをベッドの上に置き、麻由子の前に座ると自分もワイングラスを手に笑った。

猫の歌のイメージをディオンヌから広げていったときに、ギターを手にしながらなかなかメロディーが出てこなかった。そこで野崎は、ふとした思いつきで、黒沢の「緑色の雲」という曲を「借りる」ことにした。つまり、「緑色の雲」のメロディーラインをそのまま使い、そこにディオンヌの詞を乗せていったのだ。

そして詞がすべて完成した後で、そこから黒沢のメロディーを抜き、コード進行を変え、C、F、G7、E7、Amとありきたりなものだが、そこにまったく新しい自分のメロディーを乗せていった。

「手の込んだ盗作でしょ」

野崎は「不敵な笑み」を作ってみせた。しかし麻由子は普通にいまの野崎の曲の作り方に感心しているようだった。

「なんかすごいなあ、ミュージシャンって」

「いや、今度黒沢さんに自白するつもりだけど、何て言われるか」

野崎は肩をすくめてみせた。

「いつもそういう風に作ってるの？」

「いや、今回が初めて。でも、なんかすごく、うまく言えないんだけど、性に合ってるっていうのかな。素直に作れた気がする」

「うん、いまの歌、本当に良かったもん」

「実は、そんな盗作でまた新曲を作ろうとしてるんだ」

「聞いてみたいなあ」

「まだフレーズごとくらいしかできてないんだけどね」

野崎はそう言うと手を伸ばしてギターを取り、まず黒沢の「君だけが知らない」という曲を一節歌った。そして今度はまったく同じメロディーに乗せて、「ラブ＆コメディ　恋はいつでも当事者だけが知らないありがちな喜劇　キスした喜びも　平手打ちの痕も　眠れないで膝を抱えた夜も」と、まったく違う詞を歌った。

麻由子はまた、ぱちぱちと拍手をした。

「なんかこれまでの周ちゃんの曲と、感じが違うね」

「だって曲自体は、まだ黒沢さんのそのものだから」

野崎は笑った。すると麻由子は小さく首を横に振った。

「ううん、それだけじゃなくて、なんか詞の雰囲気も違うと思う。ごめんね、よく知らないのに偉そうなこと言ってる」

「そんなことないよ」

そんなことはなく、麻由子が指摘しようとしていることは自分でもわかっていた。黒沢を「借りる」ことで、自分の作るものの幅が広がったような気が少ししていたのだ。

野崎は今度は黒沢の「おかえりレディバード」をギターを弾いて歌った。

「なんか陽気に、男の性欲を歌った曲を作りたいなあって思ってて、黒沢さんのこの曲にいま詞をあてているところなんだ」

「エッチな歌？」

麻由子がおかしそうに聞き、野崎はまた同じコードを弾き、同じメロディーで「体目当て？じゃあそれはなくていいの？　体も笑顔もみんな欲しいもの」と歌った。麻由子は「きゃっ」と大げさに自分の胸を隠すような仕草をして、芝居掛かった口調で言った。

「いやらしい目で見られてるわ」

野崎はその麻由子の言葉に、ふっと思いつき、出だしのメロディーに合わせて「いやらしいんだから」と口ずさんだ。

「いやらしい、って言葉がぴったりだな。麻由子の、いただき」

「わーい、採用採用」

麻由子は子供のようにはしゃいだ。野崎はギターを置き、セブンスターを手に取ると、換気扇の下へ行って火をつけた。

「ねえ周ちゃん」

「なに？」

「いつか、すごいラブソングが聞きたい。君がとにかく好きなんだー！　みたいなの」

野崎はふっと換気扇に煙を吐き出してから、眉をしかめてみせた。

「そんなどうでもいい歌を？」

「周ちゃんなら、どうでもいい歌にならないと思うよ」

麻由子はなぜか確信しているかのように言った。

いばらぎじゃなくて　いばらきですって
意地悪したのに君は　言い返さないの

君が育った街を　歩いてみたんだよ
のどかで静かで　でも歩きだと大変で

東京の暮らしは　楽しかったのかな
僕が知っている君は　けっこう都会のひと

ここで暮らしたら　どうなってただろう
すぐ飽きちゃったかな　意外に落ち着いたかな

いばらきじゃなくて　いばらぎだったっけ
意地悪言いたいのに君は　どうしていないの

東京へ帰る電車に　僕はひとりきり

年明けまで間もない一二月二七日、「猫の話をそのうちに」の打ち上げを忘年会がてら行うことになった。

広田が予約した四谷の寿司屋《すしや》の個室に、野崎、黒沢、そしてこういう場にはめずらしく浅田も参加し、あとは実際の掲載誌「メゾン」編集部の、二九歳の杉内《すぎうち》という担当の男と、広田が「女っ気なさすぎるのもなんだからね」と呼んだ、女性編集者の二人が集まった。

彼女たちが「猫特集、おかげさまですごく好評でした」と野崎を照れさせたが、実際にホームページで聴けるようになっていた曲も好評で、さすがにCD発売とまではいかないが、フルバージョンの配信が決定していた。

そんなこともあり、浅田も「うちのミュージシャンがお世話になりました」と広田と編集者たちに礼を言うためにも、この会に参加していた。しかし広田は浅田の挨拶を、「シューサンのおかげで、この子たちの美人編集長とディナーに行ったりなんかしたからね」と軽くかわした。その間、黒沢は女性編集者たちと最初からずっと、野崎たちがどうか個室の外に聞こえないようにと祈らざるを得ない下ネタで盛り上がっていた。

二軒目に流れようということになったところで、女性編集者二人は冷静に「ここで失礼します」と帰り、杉内を含め五人で、おなじみの「あみどん」へと向かった。野崎は「お伴します」と意気込んでいる杉内の姿を見て、「君もいまのうちに一緒に帰っておけばいいのに」と内心思っていたが、その悪い予感は後に的中することになった。

「ネクマンさんの人気すごく出て、僕らも嬉しかったですよ」

緊張のためか寿司屋ではほとんど喋っていなかった杉内を、黒沢が「こっちへおいでよ」と隣に座らせた。最初はひたすら恐縮していたが、黒沢が勧める一ノ蔵が進んでくると、次第に饒舌になっていた。

「でも、無理ってわかってますけど、黒沢さんの猫の歌とか、聞いてみたかったなあ」

「イエーイ」

杉内がお世辞を言うたびに、黒沢はご満悦な顔で杉内のお猪口《ちょこ》に日本酒を注いでいった。野崎は、おそらく広田も浅田も、黒沢がわざと飲ませて「エンジン」をかけさせていることには気がついていた。

「でも俺みたいな中年ロックだと、女の子の雑誌とか猫とか、そもそも似合わないよ」

「そんなことないですよ。黒沢さんのトークとか大好きな女子、いっぱいいますもん」

「まじで？」

「まじですよ。僕、今日すごい嬉しいですもん。女子じゃないですけど」

黒沢は「イエーイ」とまた酒を注いで、絶えず杉内のお猪口を表面張力の限界にしておいた。

「じゃあ俺に気を使うの禁止ね。君がいま、いちばん好きなミュージシャンって誰？　はい即答」

「ゆ、雪見涼花《ゆきみすずか》、です」

杉内はあたふたしながらも、二五歳くらいの女性シンガーの名前を出した。ピアノを弾きながら歌い、作曲も自分でこなすが、そのアイドル並みのルックスともあいまって男女問わずにいま人気だ。CMタイアップが二曲もテレビで流れている。その名に野崎も馴染みがあるのは、ファーストアルバムの作詞と、彼女自身のいくつかの詞の補作詞を、浅田が手がけたからだった。

野崎が浅田を見ると、同時に広田も目を向けて、浅田は「そうだね」という感じでこっくりと頷いた。その様子に、杉内も頷いて言った。

「そうなんです。浅田さんが書かれた曲も全部聴いてます。まじで大ファンです」

「ありがとうございます」

浅田が丁寧に頭を下げた。

「広田さんから、浅田さんの事務所で話が決まったって聞いたとき、最初、ええって、ちょっと期待しちゃいました」

「雪見涼花じゃないかって思ったりなんか？」

広田がのんびりと言った。

「はい。でも考えれば雪見涼花、浅田さんとこの所属じゃないしなあって」

「がっかりしちゃったりなんかして」

広田がまた、のんびりと相槌を打つように言った。野崎はあれ、と思った。広田は「誘導」していないか？

「そうっすねえ。雪見涼花だったら俺、レコーディングとか立ち会いましたねえ、確実に。でもあそこの事務所、このくらいの仕事じゃ引き受けてくれないですよ。というか彼女、いまスケジュールもないでしょう。ねえ」

杉内は同意を求めるように広田に言った。しかし今度は広田は、杉内どころかまったく誰にも焦点を合わせず、表情を消していた。野崎は思った。やっぱりそうだ。考えてみれば自分が最初に黒沢に出会い、そしてとことんいじめられたときも、広田の絶妙な「アシスト」があった。ひどい大人たちだ。野崎は一瞬憤り、すぐに呆れ、そしておかしくなった。

黒沢がメビウスをぎゅっと灰皿に押し付け、浮かれて話し続けている隣の杉内に、ぐっと距離を縮めた。ほらきた。野崎は思った。

「ちょっと待ちなよ。百万年早いよ」

黒沢のその声は、待ってましたとばかりに生き生きとしていた。

その後、「頼んだシューサンの目の前で、どんだけ失礼なこと言ってるんだ」という黒沢の杉内への説教は実に三〇分以上に及んだ。野崎はただただ杉内が気の毒で、「まあまあ」「自分は気にしてないですから」と助け舟を出したが、黒沢にはそれをひとつひとつ、「こんないい奴にあんないい曲作ってもらって、よく他の歌手がいいとか言えるな」と「再利用」されてしまい、途中から火に油を注がぬように口をつぐんだ。

全員の酒と食事もほぼ止まり気味になり、説教も同じフレーズのループになっていってしばらくしたところで、黒沢はトイレに立った。野崎はそのタイミングですかさず、店の人間を呼んで会計を頼んだ。これくらいしか、すでに泣いている杉内を助けてあげられる方法がなかった。

野崎が思わず「なんかこの光景、懐かしいなあ」と呟くと、広田も「懐かしかったりなんかして」と、浅田も「僕も同じこと思ってたよ」と笑った。

トイレから戻ってくると、黒沢もすでにこれまでの自分の説教など忘れたかのように、「あれ、今日終わり？　じゃあシューサン、二人で一軒行って帰ろう」と野崎の肩を叩いた。野崎は当然その誘いを予想していたので、「はい」と即答し、そんな野崎を広田と浅田がどこか嬉しそうに見つめた。


三軒目は黒沢の希望で、池尻の「アマルコルド」へと向かった。

「このあいだの話ですけど」

坂田に頼んだハイボールが出されるのも待たずに、野崎はこれ以上帰りが遅くなる前にと「本題」に入った。

「結局、カノンさんとか他の女の人にも最近、会ってないんですよね」

「会って、ないねえ」

黒沢がめずらしく、どこか歯切れ悪く答えた。

「それで？」

「それで？」

「だから、連絡したんですか？」

「誰に？」

「誰にって」

野崎は呆れた顔を黒沢に向けた。黒沢は「わかってるよ」という素振りで小さく手を挙げた。

「シューサン、あれ読んだ?」

黒沢の問いに、野崎は黙って自分のバッグを開け、二冊の漫画を置いた。コヤマアキラの新刊『誘惑』上下巻、つまり茉美の最新作だった。

主人公は二二歳の女流漫画家。デビュー作から売れっ子となった彼女はあるとき、中学生のころから憧れ続けた、一五歳年上の漫画家と出会う。二人は恋に落ち、互いを激しく求め合う。年齢差、奔放で常識にとらわれない中年男と、もともと自分の殻に閉じこもりがちだった主人公との性格の違い、漫画家同士としての共鳴と反感、世間の評価や業界の反応。主人公は男を愛しながらも、次第に心をすり減らしていく。そして、取り返しのつかないくらいにまで、傷つけあう。

五年の歳月を共にした二人だったが、互いの今後のために別れを選んだ。しばらく仕事を休み、田舎に帰りのんびりとした生活を送っていた主人公は、二年後、新作を書き始める。それは、愛した男との日々を描いたものだった。

作品はたちまち話題となった。一般受けする内容ではなかったからか、これまでのコヤマアキラ作品ほど売り上げとしては大ヒットとはいえなかったが、批評家や読者からの絶賛は、野崎もあちこちで目にしていた。

漫画業界では、この主人公はコヤマアキラ自身だろう、となると、この一五歳年上の先輩漫画家は誰なんだという詮索も流行ったらしい。しかし、野崎から見れば、この傍若無人で気分屋で説教魔の、しかしどうしても愛さずにはいられない漫画家とは、黒沢そのものだった。黒沢も当然、そのことは自覚しているようだった。

「茉美のほうが先だったんだ」

黒沢はハイボールを少しだけ、舐《な》めるように飲むと、メビウスに火をつけて言った。

「先？」

黒沢は頷いた。

「俺もずっと、自分でもどうしたんだっていうくらい、別れても茉美のことばかり考えてた。でも、よりを戻してもきっと同じことがまた起きてしまうのも、どこかでわかってた。じゃあどうすればいい。俺は歌手だ。歌手や漫画家はその自分の心の奥底の、純粋なところもおぞましいところも、全部手で掴《つか》み上げて作品にしなくちゃならない。俺は茉美の歌を作りたかった。でも、ずっとできなかった。どうしても嘘《うそ》くさくなる。真正面から茉美を掴むことができない。だからいつかその歌が俺の中に降りてくるのを、ただ待っていた。でも茉美は俺なんかよりすごかった。痛くて辛《つら》くてしょうがないところを堪えて、こんなすごいのを描いた。もう、敵《かな》わないよ」

煙草の先がゆっくりと灰になっていくのを、黒沢も野崎もしばらく見つめていた。坂田も空気を察してか、離れたところでグラスを拭いていた。

野崎はそのとき、黒沢と茉美のことを考えながらも、どうしてもそこから、自分と麻由子のことに思いを巡らせざるを得なくなっていた。

茉美の『誘惑』のように、激しく傷つけあうような恋愛などはしていないし、そういう関係にならないように、野崎も麻由子も、細心の注意を払ってきたような気がする。しかし同時に、何かにつけ求め合ってしまうのは今後も続くだろうことも、それを相手が自覚していることもわかってしまっている。

きっと黒沢と茉美は、そこをむき出しでぶつけあってきたのだろう。そして離れ離れになり、いま、また互いを必要としている。

他人のことなら、よくわかる。

「シューサン」

「はい」

「どうしたらいい？」

黒沢に出会ってから、年が明けて四月になれば丸八年になるが、野崎は初めてそんなことを聞かれて面食らった。

「怒りませんか」

野崎はセブンスターに火をつけながら言った。黒沢はまるで男の子のように、「うん」と素直に頷いた。

「茉美さんの作品に、作品で返そうとか思ってるかもしれませんけど、そんなの時間がかかってしょうがないです。電話すればいいんですよ」

「電話？」

黒沢は「本気で言ってる？」というニュアンスを込めて聞き返した。野崎は「しょうがないなあ」という顔をして頷いた。

「いますぐ。どうしても勇気がなかったら、メールでもいいですけど」

「メールでいい？」

「メールで、いい、でしょう」

野崎は大御所の批評家のような口調になって言った。すると黒沢は隣の椅子に置いたコートから携帯電話を取り出した。そしてカチカチと何事かを操作すると、それを野崎の前に置いた。一見して、長文のメールのようだった。

「メール、書いたんだけど、送るのどうしようかずっと悩んでた」

「見ていいんですか？」

「というか読んで。どう思うか教えて。できれば添削して。俺、こういうの書くの、苦手なんだ」

黒沢はそう言うと、ハイボールを一口飲み、新しいメビウスに火をつけた。

野崎は言われたとおり黒沢の携帯電話を手に、そこに書かれた送信前の文面を読んでいった。

久しぶりだねという挨拶。『誘惑』を読んだ、すごい作品だったという感想。そこからは黒沢と茉美の過去へと話が戻っていった。これは俺たちの話なのだろうか。あのときはこうだったね、あれは楽しかった、あれは本当に謝りたいと思ってる。茉美との思い出がいまでも自分の中から消えない。いつかまた会える日がきたら……。

「長えよ！」

野崎はどんとテーブルを叩いて、思い切ってそんな失礼な物言いをしてみた。黒沢は野崎に唖然とした顔を向けた後で、くくくとおかしそうに笑った。

「すいません」

「いや、シューサンの言うとおりだよ。じゃあ、どう書けばいい？」

「それ、俺にまかせてもらってもいいですか？」

「書いてくれるの？」

「よろしければ」

黒沢は「頼む」という顔でこくこくと首を縦に振った。野崎は少し息を吸い込むと、携帯の画面を黒沢のほうに向け、長文にもほどがある文面を「全削除」した。黒沢はさすがに驚き、サングラスの奥で目を丸くしたようだった。野崎はすかさず新しい文面を打ち込んだ。そして黒沢に言った。

「送っちゃいます」

「え、見せてくんないの？」

「信じてください。茉美さん、起きてたら三〇秒で返事きます」

野崎はそう言うと、本当に送信ボタンを押した。「シュッ」という効果音が流れ、野崎はそこで黒沢に携帯電話を返した。黒沢は慌てて送られた文面を確認した。

「新作、よかったよ」

野崎が書いたのはそれだけだった。黒沢は口を半開きにしたまま、野崎を見つめた。野崎は内心どきどきしていたが、懸命に「大丈夫です」という顔を作った。

すると本当にすぐ直後に、黒沢の携帯電話から「ピロロロ」と音が流れた。メールの着信だった。見ると、その差出人には「茉美」という文字が表示されていた。

黒沢は野崎への感謝をコンマ一秒だけ横顔で表現し、すぐにそのメールを開いた。

「ありがとう！　メール嬉しい！」

きっと茉美も急いで返事をしたかったのだろう。短くそれだけが書いてあった。黒沢はまたも男の子のように大慌てで、メールと野崎の顔を交互に何度も見た。

「シューサン、シューサン、これ、なんて返す？」

野崎は自分の策が失敗しなかったことにほっとしつつ、わざとふーっと煙草の煙を天井のほうに向かって吐き出してから、もったいぶって言った。

「もうメールはいいです。すぐ電話してください」

「まじ？」

「本気と書いて、まじです」

黒沢はわかりやすく唾をごくりと飲み込んだ。そして野崎に「わかった」と頷き、茉美の番号を発信して立ち上がった。そして耳に携帯電話をあて、呼び出し音を聞きながら外へ出ていこうとした。野崎はすぐにその後を、黒沢のコートを持って追いかけ、「外、寒いですよ」と後ろから肩にかけた。

それから野崎はたっぷり二〇分、一人待たされた。坂田を相手にハイボールを飲み切り、焼酎のお湯割りに切り替えた。

ドアが開く音がして振り返ると、黒沢は野崎に「ちょっと待って」という仕草をしたままトイレに駆け込んだ。そしてすっきりした顔で戻って来ると、革のショルダーバッグをかついで、野崎に少し照れくさそうな顔を見せた。

「悪い、シューサン、行ってくる」

野崎はなぜか自分まで猛烈に嬉しくなって、ほろっと涙が出そうになるのを我慢した。

「行ってらっしゃいまし」

そしてちょっと偉そうだなと思いながらも、右手を差し出した。黒沢もすかさずその手をぐっと握り返した。真冬に外にいたせいかすっかり冷たくなっていたが、手のひらはすぐに熱を取り戻しつつあった。いまこんな状況なのに、そういえば黒沢の手の熱を感じるのは初めてだなと、妙に感激した。

「じゃあね」

「頑張ってください。いや、頑張らずに行ってきてください」

野崎がそう言うと、黒沢は握った手に力を込めた。そして踵《きびす》を返してドアへと向かった。

「よいお年を」

野崎の言葉に、黒沢は顔だけ向けると笑った。

「年内にまた会うよ」

「あと四日しかないですよ」

「今日のこれからのこと、聞いてよ」

「わかりました」

野崎は笑った。黒沢も笑みを返した。しかしそこでふと思い出したように、「あ」という顔になって言った。

「ここのお金」

野崎は呆れたような顔で、犬を追い払うように手を振って、すぐに行くよう促し、そして得意げに言った。

「さっき俺、百万円拾いましたから」


その夜、午前二時すぎに代々木八幡の部屋に戻り、ディオンヌのたっぷり溜《た》まったトイレの跡をなんとかコンビニの袋に放り込む作業だけを済ませてから、野崎はすぐにベッドに潜り込んだ。黒沢の役に立った自分が誇らしく、高揚感がずっと体に残って興奮していたが、それを上回る長丁場の飲み会の疲れが、すぐに野崎を眠りへと誘っていった。

何度かメールの着信があり、電話も二度ほど鳴っていたような気がしたが、どうしても起きることができなかった。きっと黒沢の、茉美との復縁の報告だろうと、それならば起きてからのほうがいいだろうと、心地よく放置していた。

ディオンヌが妙にニャーニャー鳴いているなと思ってようやく本気で目を覚ましてみると、黒沢と飲んだときはだいたいそうだが、いまが何時なのか見当もつかず、昨夜はどこにいたのかの記憶もぼんやりとしていた。

野崎はそういえばと思ってスマホのボタンを押した。黒沢からは電話もメールも入っていなかった。そのかわりに、大学時代の友人知人の数人からの連絡が連続して入っていた。

野崎はそのメールに書いてある文面を読み、留守番電話に残っていたメッセージを聞いた。皆、何を言っているのかさっぱりわからなかった。テレビをつけるとどの局もニュースをやっている時間帯ではなく、のんびりとした情報番組や再放送のドラマしかやっていなかった。

パソコンを立ち上げて、ニュースサイトを見た。彼らが言うことは、どうやら本当のようだった。野崎はその文面と、そこにあった名前を何度も読み返した。

「ちょっと待って」

思わず言葉が出た。高速道路での大規模な事故。数名の死傷者。東京から茨城へ向かう夜行バス。

「ディオンヌ、どうしよう」

野崎はずっと脛《すね》に顔をなすりつけているディオンヌの、頭を撫《な》でた。そして、自分自身で確かめるように、それを言葉にしてみた。

「麻由子が、死んじゃったって」

music & lyrics

その年末、茨城の葬儀場を訪れたとき、あたりまえだが野崎はそこで、弔問客の一人にすぎなかった。

喪主は、麻由子の夫だった。ずっと別居していたとはいえ、籍は入ったままなのだから当然といえば当然だった。野崎にとって麻由子は武藤麻由子という名前だが、葬儀会場には、馴染《なじ》みのない石田《いしだ》麻由子という名前が記されていた。

野崎は他の人々に交じって、焼香をした。麻由子の夫と両親が頭を下げ、自分も頭を下げた。悲しみ以上に、不思議な気持ちだった。なぜ自分は麻由子にとって、その他大勢の一人にすぎないのだろうか。俺と麻由子は、互いにとってとても大事な存在ではなかったのか。その最後の場所で、もっと相応《ふさわ》しい形で、見送るべきじゃないのか。大声で叫び出したいくらいだった。しかし直後に、自分がずっと麻由子に対して取り続けた姿勢が、この結果を生んだのだと思い知らされた。

目の前に棺《ひつぎ》がある。本当にここに、麻由子がいるのだろうか。

いまだに野崎の中で、麻由子がもう自分に話しかけることも微笑《ほほえ》みかけることもないということが信じられなかった。唇を重ね、体を求めあうことが二度とないことを実感として捉えられなかった。すべては、たちの悪い冗談じゃないのかと思っていた。

葬儀の日よりも、その後の暮らしの中でのほうが、野崎はより麻由子を「失って」いった。麻由子はいなくなってしまったのではなく、そこにいないという、悲しすぎるほどの存在感が日に日に増していった。

自分を律するためにも、仕事はするようにした。頼まれた作詞や作曲は、そんな状態でも誠心誠意やろうと打ち込んだ。ただ、自分自身の曲はまったく作る気持ちが起きなかった。ライブもとてもできる状態ではなかった。毎晩、一人で溺れるように酒を飲んだが、誰かと一緒に飲むことはしなかった。

唯一黒沢にだけ、「麻由子が亡くなりました。しばらく時間をください」と、電話をかけた。やはり、麻由子という名前を口にした途端に、一気に涙が溢《あふ》れそうになって、黒沢の返事を聞くのもそこそこに急いで電話を切った。

世の中には昔から、大事なものはなくして初めて気づくという、聞き飽きた言い回しがある。野崎はまさか自分が、そんな安易なフレーズに毎日押しつぶされそうになるとは思ってもみなかった。

野崎は思い出す。大人になってからはそれぞれの部屋に泊まらずに帰るようになったが、大学時代は夜も朝も一緒にいた。明け方に先に目が覚めたときは、ただずっと、穏やかな寝息を立てている麻由子の顔を見つめていた。そして気配で起きた麻由子は、欠伸《あくび》を必死に嚙《か》み殺して、はにかんで野崎に頬を寄せた。

一〇年以上前のことなのに、野崎の鼻腔《びこう》を、あのときの麻由子の髪の匂いがくすぐったような気がした。

テレビのニュースをぼんやりと眺めていると、野崎はときどき、自分が攻撃的な人間になっていることに気づくことがある。領土の問題でも子供の虐待でも悲惨な事故でも遠い国の地震でも、正義と善意の言い争いや、つけなくていい決着を求める空気に、自分も呑《の》まれ、殺伐とした気分になっていることがある。

そんなとき、麻由子の姿を思い出すと、ふとそれが杭《くい》のようになって、冷静さを取り戻させてくれた。

いないのに、自分を正してくれる。野崎は麻由子の存在の強さを思い知った。そして、かつて赤くした瞳をわざと見なかったふりをしたことや、後ろから抱きとめて言わなくてはいけない言葉をかけなかったことも、後悔する資格などないのに悔やみ、そのたびにきりきりと歯をくいしばった。

ときどきは、部屋から出てただ麻由子の思い出を辿《たど》るだけの日もあった。

中野坂上、落合、祐天寺と麻由子が暮らしていたアパートの部屋を、外からじっと眺めた。麻由子の仕事終わりに待ち合わせをした有楽町、映画を見に行った新宿、ときどき飲んでいた店がある恵比寿、大学時代にデートをした両国を訪れ、麻由子がいた場所に立った。

さらに、二人で東京の路線図を眺めていたとき、どちらも行ったことがない街を探し、いつか遊びに行こうと約束してそのまま果たせなかった赤羽を、一人うろついてみた。

そんな風に麻由子を思うだけの日々はいつまでも終わらなかった。

夏になって仕事がない日は、起き抜けの枕の汗にうんざりしながら、区民プールにでも行こうか、それとももう飲み始めようかと、ぼんやりとした頭で考えた。そしてベッドに飾ってある、麻由子の笑顔の写真に心の中で「おはよう」と声をかけた。ディオンヌは流し台の上に乗って、蛇口に口を押し付け、反動でこぼれてくる水を直接飲んでいた。

麻由子を悲しませたことは何度もあったはずなのに、日に日に、少女のように無邪気に笑う顔ばかりが浮かぶようになった。一日がすぎるのは速く、一人で部屋にいるときはぶつぶつと独り言ばかりで、ときどきディオンヌが心配したようにじゃれついてきた。

できるだけのんびりした試合を選び、一人で神宮球場へも何度か足を運んだ。さすがに、麻由子と一緒に座った席までは特定できなかったが、だいたいこのへんかなというところに座ってビールを飲んだ。

神宮球場は思ったより冷える。日中暖かい日でも、試合中に麻由子がベージュのカーディガンを着たことを思い出す。

三回の途中から球場へ行くと、やがてスワローズの守備が終わって、麻由子が大好きだったマスコットが、のっしのっしと現れた。野崎は思わず笑顔になる。麻由子、出て来たよ。そう小声で呟《つぶや》いてみた。

ある試合では、得点が入ったときに、東京音頭とともにスタンドに舞う傘を持っていなくて、麻由子はまわりを羨ましそうに見ていた。野崎がビールの売り子に目を奪われていると、嫉妬でも意地悪でもなく本当に素直に、「あの子、すごく可愛い」と囁《ささや》いてきた。マスコットが妙な踊りを披露すると、涙まで浮かべてはしゃいでいた。

麻由子、あいつペンギンじゃなくてツバメなんだよ。野崎は小さく呟いた。

池尻の「アマルコルド」に一人で飲みに行く回数が増えた。坂田は麻由子のことは知らない。

野崎もその話をすることはなく、客が少ないときは音楽の話をし、坂田が忙しそうなときはカウンターの端に座って、ぼんやり麻由子のことを考えた。

隣には恋人同士なのか、それともこれからそうなるつもりなのか、野崎と同い年くらいの男女がいた。野崎の側に座っている女は、言葉遣いも食べ方も下品だった。きちんと吸わずにふかしている煙草《たばこ》の煙も気持ちが悪い。ノースリーブから出ている二の腕もだらしなく、腋《わき》は汚かった。

それでも、そんな女でも隣にいるその向こうの男が、野崎には羨ましかった。

一緒に食事をしたり酒を飲むときに、隣や目の前にいてくれた麻由子のことを、あたりまえのように思っていたが、それがどれだけあたりまえでなかったのかを思い知った。

そんな風に、あっという間に麻由子がいない一年が過ぎていった。

野崎は命日の少し前に、麻由子の墓参りをし、麻由子の育った町を歩いた。のどかな田舎町から電車で帰るとき、野崎自身の実家の近くを急行電車が通過していった。野崎は、麻由子が自分の地元にいる姿や、自分の両親と一緒にいる姿を想像してみた。思った以上に、それはしっくりとくる光景だった。

代々木八幡の部屋に戻ると、ディオンヌがめずらしく、猫じゃらしで一人遊んでいた。

「シューサンのせいで子沢山になったじゃねえか」

「俺のせい、でしょうか」

「あみどん」で、野崎は黒沢が注ぐ日本酒をお猪口《ちょこ》で受けつつ、笑いを堪《こら》えながら頭を下げた。

二年前、黒沢と茉美の間には女の子の双子が生まれた。そして今年、さらにもう一人女の子がまもなく誕生予定だ。

「俺、今年もう五〇だよ？　あの子たちが大人になったら、もうすでにおじいちゃんじゃん。ちょっと待ちなよだよ」

黒沢は、家では吸えなくなってしまったというメビウスをうまそうに吸った。

麻由子がいなくなってしまって、野崎は黒沢とも一年以上、会うことができなかった。そこでやはり、救ってくれたのは黒沢だった。その期間などなかったかのように、一週間ぶりのような口調で、「イエーイ、シューサン飲もうよ」と電話をしてきた。野崎はその不意打ちに、思わず「はい」と返事をしていた。

そしてまた、こうやって二人で酒を飲めるくらいには元気になった。しかし、それからもずっと、黒沢にもそして誰にも、麻由子について話ができるまでには立ち直っていなかった。麻由子の名前を口にしようとしただけで、体のどこかを強く揺さぶられるような感覚に陥ってしまう。

そしてやはり、その突破口を開いたのも、黒沢だった。

「あの子、どのくらいになった？」

また何の前触れもない質問だった。野崎は黒沢を見つめ、ほとんどない唾をごくりと飲み込んだ。そして瞬時に、自分へ問いかけた。いま、麻由子の話を冷静にできるのだろうか。

「三年半になります」

「早いね。そうか、シューサンのおかげで茉美との、あの日だったもんな」

野崎は「そうですね」と答えたつもりだったが、それは声になっていなかった。

「泣いてしまったら、すいません」

野崎は大きく息を吸い込んでから言った。

「情けないんですけど、いまだに麻由子のことを考えると、ずっと自分がどうにかなっちゃいそうなんです。一四年、でした」

何から語りたいのか何を言葉にしようとしているのか、自分でもよくわからなかった。

「変な話だと自分でも思います。一四年で僕と麻由子は、三回つきあってたんです。つきあってたって言い方が正しいのかわからないですけど、結局、それだけ離れられなかった。前に黒沢さんに怒られたのに、その後でも、麻由子は結婚してたけど、それでも会ってました」

野崎はこれまで言えなかったことを告白した。黒沢は黙って煙草を口にした。

「何をどうすればよかったのか、いまだに正解がわかりません。でも楽しかったときも、会ってないときも、もっとこうすればよかったんじゃないかって、毎日そんなことばっかり考えてます。変な話なんですけど、ときどき、そんな妄想に浸って幸せな気分になったりもしてるんです。麻由子と一緒にいることを、リアルに想像していて。自分がどうかしてしまったのかと思うときもあります」

鼻の奥が少しつんとしたが、野崎は洟《はな》をすすって耐えた。

「でもすぐに、もう麻由子がいない事実に、殴られたような感じになります。僕はもっと麻由子と一緒にいることも、もっとちゃんとしたことを言うことも、もっと幸せにすることもできました。でも、やらなかった。葬式だって、ずっと隣にいたのは僕じゃなかった。悔やんでいるのに、どこからやり直せばいいのかもわからない。ごめんなさい」

最後は慌てて、これから言葉が続きそうにないことを黒沢に謝った。鼻の奥の熱いものが抑えきれなくなり、瞬きをした瞬間に涙がこぼれ落ちた。野崎は親指と人差し指を、目頭にぎゅっと押し付けた。しばらくうつむいて、溢れるものを懸命にとどめた。

長い沈黙の後で、黒沢はメビウスを消し、一度サングラスを外しておしぼりで鼻あてとつるを拭き、再びかけると野崎をじっと見つめた。

「シューサンはひどい奴だよ」

黒沢は静かに言った。これまでとは違う黒沢の口調に、野崎は少し驚いた。

「何の責任も取らない。好きなときに好きなように彼女を扱ってたんだ。セックスしたかっただけだろう。後悔する資格なんかシューサンにはこれっぽっちもない。だいたい、自分と彼女のことを、俺に言えなかったのが愛してなかった証拠だよ」

野崎はうつむき目を閉じたまま、黒沢の言葉を聞いた。慰めて欲しかったわけではないが、これほど辛《つら》いときにこれほどひどい言葉を浴びせられるとは、思ってもいなかった。さっきとは違う意味で、指の隙間からぼろぼろと抑えきれない涙が流れていった。

黒沢に対する怒りはまったく湧き上がってこなかった。なぜなら、黒沢の言うことはすべて、ずっと目を背けていた事実だったからだ。自分は麻由子を都合のいい女として扱っていた。

しかし、とっくに遅いことくらい百も承知だが、失ってしまって初めて、自分がとんでもない間違いをしていたことを思い知った。自分の気持ちときちんと向き合うべきところに、ずっと蓋をしていた。愛していなかったのではない。愛していないふりをしていたのだ。

それは黒沢が言うとおり、愛していないことと同義だ。

「ごめんなさい」

野崎は絞り出すように言った。黒沢に対してなのか、麻由子に対してなのか、自分でもよくわからなかった。

「彼女のことを本当に思うんだったら、シューサンはこのことから学ぶしかないね」

黒沢は静かな口調のまま言った。そして、新しいメビウスに火をつけてから、少し笑って続けた。

「でもよかったじゃん」

野崎は何のことかと思ったが、まだ涙が止まらず、顔を上げて黒沢の表情を確認することができなかった。

「俺たちはミュージシャンだ。こういうことは、全部歌のネタだ。いつか、全部書かなくちゃね。とっておきのネタなんだから」

黒沢は平然と言った。他の誰がどんなニュアンスで言っても、絶対に許せない台詞《せりふ》のはずだった。しかし、黒沢が何を言わんとしているのかが、自分でも驚くくらい、すっと心の中に染み込んできた。普通では暴言ととられかねない黒沢の言葉は、いま黒沢と自分と、そしてきっと麻由子だけが理解できるものだった。

「ごめんなさい」

野崎は同じ言葉をもう一度、違う意味で繰り返した。

そして、いまきちんと泣いておこう、明日からすぐに切り替えることなどできないだろうが、それでも今日を、ひとつの区切りにしようと思った。


麻由子のことを歌う。

そんなことが自分にできるのだろうか。それから毎日のように、野崎は代々木八幡の部屋に戻ると、とりあえずギターを手にした。そしてなるべく心を無にして、湧き上がるメロディーやコードや詞を待った。しかし、いつまで経っても麻由子を歌にすることなどできなかったし、そのきっかけすら摑《つか》めなかった。


黒沢が名古屋のホールで開催される「ブルー大カーニバル」というロックイベントに出演するとき、「シューサンも行こうよ」と野崎は誘われた。もちろん野崎に出番があるわけではなく、ライブを客として観に行って、そしてその後は名古屋で飲もうよという意味だった。

愛知県出身の人気バンドのブルーカーニバルが、自分たちの仲間や尊敬するミュージシャンを数組招いて、年に一度開催しているイベントだった。だいたい七～八組が出演し、ソロでもバンドでも、ブルーカーニバルと彼らが選んだミュージシャンたちがバックを務める。

黒沢の演奏も、いつものバンドメンバーではなく彼らが務める。黒沢が野崎を誘った理由はおそらくそこで、単身で行くのでつきあう相手が欲しかったというところだろう。マネージャーの堂上からも、「私も同行しますが、夜は東京に戻りますので、その後は黒沢をお願いいたします」と電話がかかってきていた。

二五〇〇席あるコンサートホールは満席で、開演と同時に沸き起こった歓声には、いままで野崎が感じたことがないような、うねりと響きがあった。

幕が上がるとそこにはすでに、ブルーカーニバルのメンバーがスタンバイしていた。バックバンドのメンバーたちはまだいない。そして彼らはいきなり、演奏を始めた。野崎は驚いた。それは黒沢のヒット曲「稲妻のように五月雨のように」のイントロだったからだ。

そして後から黒沢が登場し、センターマイクに立ってギターを持った瞬間に歌い出しが始まった。完璧なタイミングで、おそらく黒沢の音楽をいちばん聴いている層より一〇歳は若い、ブルーカーニバルのファンの若者たちも、歓声と拍手でそのややしわがれた声に熱狂した。

やっぱすごいな。野崎は思わず呟いた。自分の客でなくても、黒沢は一気に引き込む。長年つきあっているが、こればかりは自分があと何年やっても、何を学んでも、どうしたって真似《まね》できないことだなと野崎は自覚する。

黒沢はいつもとは違い、いっさい喋《しゃべ》らずに自分の曲を四曲、そしてブルーカーニバルの曲を一曲、一気に歌い切った。最後の曲の盛り上がりは、これ以降の登場ミュージシャンが可哀想《かわいそう》になるくらいのすごさだった。

「いきなりおじさんで、ごめんね」

五曲を歌い終えると、黒沢は初めて観客に語りかけた。これまでの熱狂を引きずりつつ、客席のあちこちから笑いがもれた。

「おじさんの歌を聴いてくれてありがとう。山崎《やまざき》くんも、いつもありがとうね」

黒沢は客席に頭を下げ、続いて左斜め後ろでギターとコーラスを担当していた、ブルーカーニバルのボーカルに目で挨拶をし、さらに他のメンバーたちにも笑みを向けた。

「一人で平均年齢上げちゃうんで、わがまま言って最初に出させてもらいました。安心して。ここからはいちばん年上でも僕より一〇歳は下だから。ここで失礼しますよ」

「え、黒沢さん、ラストはいてくれますよね？」

山崎が驚いてマイク越しに聞いた。すると黒沢はふっと笑った。

「えっとね、いまからお酒を飲むつもりです。もし終わりのときに、酔っ払ってなかったら、戻って来るかも。来ないかも」

「戻る気、ないっすよね？」

「そう、なっちゃうかな」

先ほどまでの熱狂はすっかり消え、客たちは二人のやりとりにくすくすと笑っていた。

「じゃあブルカニのみんなも、そしてこんな素敵なおじさまの歌を聴いてくれたまあまあ素敵な愛知県民のみんなも、どうもありがとう」

黒沢は一歩下がって頭を下げた。会場に大きく温かな拍手が沸き起こった。黒沢はひとしきり、会場を見渡し拍手に笑顔を返した。そして、またマイクに戻って来ると言った。

「さて、最後に業務連絡。どこかに、ネクストマンデイの野崎周一郎くんがいるはずなんだけど、立ってくれる?」

野崎は目を丸くした。そして一気に頬が赤くなり、同時に背中のあたりに鳥肌が立った。あの人は、何を言い出しているのだ。

それでも、ぽかんとしている会場をこのまま放っておくわけにはいかない。野崎はしょうがなく立ち上がり、右手を挙げた。野崎のまわりのざわめきが、波のように広がり、やがてそれは照明の担当者に伝わったようで、野崎にピンスポットライトをひとつ当てた。

野崎は頭が真っ白だった。いったい、この二五〇〇人の中で、何人がネクストマンデイなどというミュージシャンを知っているだろう。

「お、いたいた。会場の皆さん、彼は一人のくせにネクストマンデイって名前で歌を歌ってる野崎くんです。今日は名前だけでも覚えてあげてね。山崎くんも、来年にでも野崎くん、ここに呼んであげてよ」

本当に何を言っているのだあの人は。野崎は恥ずかしさを超えて、怒りすら感じていた。自分はこんなイベントに出るような知名度も人気もない。二五〇〇人がいま、なんだあいつという目で見ているに決まっている。

しかし山崎は黒沢に頷《うなず》いて、何のてらいもなく、ごくあたりまえのように言った。

「ネクマン、俺らとほぼ同期なんですよね。ずっと曲は聴いてますよ。じゃあ野崎さん、ここでオファーしちゃいます。来年、ここ出てくださいね」

野崎は口を半開きにしたまま、何の反応もできなかった。もうこれ以上、こんな恥をさらしたくない。いったいどうしたらこの場を収束できるのだろう。頭がいっぱいで、いま自分がどんな顔や行動をしていいのか、まったくわからなかった。

しかしそのとき、野崎は思わぬ光景を目にすることになった。ゆっくりとした拍手があちこちから起こり、それはあっという間に会場中に広がって、大きな拍手となった。あたりを見渡すと、皆が野崎のほうへ顔を向け、笑顔を見せてくれていた。

やばい。野崎は涙が出そうになった。するとそのとき、拍手の中から黒沢ののんびりした声が聞こえてきた。

「業務連絡その二。ネクストマンデイ野崎周一郎さんは、至急楽屋へお越しください。飲みに行くよ」

黒沢の声はどこか嬉しそうで、野崎は笑いが起こる会場中に頭を下げた。

定番の名古屋市内の手羽先屋で飲んだ後で、黒沢は野崎を、昔からの馴染《なじ》みなんだというオカマバーに連れていった。

マスターは黒沢と同い年で、無精髭《ぶしょうひげ》が似合うやたら二枚目な顔、筋肉質で体つきもかっこいいミツルという男で、「後天性オカマなの〜」と自己紹介をした。思春期までは普通に女が好きで、そのルックスからも相当モテたらしいが、大人になって理想の男に出会ってから、自分が「そっち」だと気がついたらしい。

五〇歳とは思えないモデルのような見た目と、しかし「もう、なんかここメス臭い！　ブスがいるわ、気持ち悪いわよあんた！」と女性客に悪態をついても笑って許される雰囲気のおかげだろう、カウンターとテーブルともに一五人ずつは入れる店だが、ほぼ満席となっていた。店員はすべて、そっちの男たちだが、客の半分は女だった。

「先天性と後天性があるんですね」

ミツルと、タロウと名乗った若い店員の四人でテーブルに座り、野崎はビールで乾杯をしてからミツルにそう尋ねた。

「人によっては定年退職した後で目覚めちゃうサラリーマンとかもいるのよ」

「シューサン、ミツルちゃんってね、その人が目覚めるかどうか頭にランプがついてるからわかるんだって」

ミツルの説明に、黒沢がおかしそうに続けた。

「ランプですか」

「そう、パトランプみたいなのがね、会った瞬間にピカピカ回ってるの。そういう人はどれだけ俺は違うって言っても、遅かれ早かれこっちにいらっしゃーい、よ」

ミツルは野崎にウィンクした。野崎は一瞬、ぶるっと悪寒が走った。

「もう二〇年以上のつきあいだけど、俺はまったくなんだって」

「だって、黒沢ちゃんほど女が好きすぎなのもめずらしいわよ」

それはよくわかる。野崎は小さく頷いた。

「シューサンはどう？」

黒沢がミツルに聞いた。するとミツルはぐっと野崎に体を寄せ、ごつごつとした手で野崎の手を握った。そして三〇センチほどの距離で真正面から、ほとんどまばたきもせずに野崎の顔を凝視した。野崎はメドゥーサに見つめられたかのように動けなくなった。

たっぷり三〇秒はそうしていた後で、ようやくミツルは体を離し、野崎を見つめたまま黒沢にも伝わるように言った。

「いまのところ、ないわね。ランプは全然ついてないわ」

野崎はほっとして、肩の力を抜いた。しかしその言い方が気になった。黒沢も同じだったらしく、ミツルに聞いた。

「いまのところ？」

「いまのところ、ね。ランプはついてないんだけど、ランプ自体はあるの」

ミツルは野崎の頭の上をじっと見つめて、確信したような口調で言った。野崎は慌てて何もない、自分の頭の上あたりに目をやった。

「どうしたらつくの？」

黒沢はそう言ってくくくと笑った。

「そうねえ、今日ずっと私がそばにいればつくかも」

「やったねえ、シューサン。つけてもらいなよ」

「お断りします」

野崎は溜息《ためいき》をついて頭を下げた。

「なによ、目覚めちゃうのが怖いんでしょ」

ミツルが口を尖《とが》らせた。野崎はぷるぷると首を横に振った。

「いえ、申し訳ないですけど、僕はないと思います」

「本当に？」

「本当に」

「じゃあその結果を賭けて、今日これから私とシューサンでゲームしない？」

「ゲームですか？」

野崎が聞き返すと、ミツルは楽しそうに頷いた。隣ではメビウスに火をつけながら、また黒沢がくくくと笑った。

結果、それから午前三時にお開きになるまで、ミツルが接客やトイレで立ち上がるたびに、野崎は口にディープキス、もしくは耳か乳首へのハードなキスを一〇秒ずつミツルから受けるという「ゲーム」が開催された。

ミツルは客が来るたびに「あら、また来てくれたの〜」と立ち上がり、野崎の体を好きなように扱ってから接客に行く。そして戻ってくるとまた同じことを繰り返す。そのゲームは最終的に、二〇回以上行われた。

やっとお開きになったころには、野崎は心身ともにぐったりとしていた。

「シューサン、それでどうだった」

黒沢が愉快そうに、勘定をしながら聞いた。ミツルも「どうどう?」というきらきらとした顔で野崎を見た。野崎は肩を使って大きく呼吸をしてから言った。

「ミツルさんのキスが、そんじょそこらの女より全然うまいことは、確かに認めます」

「でしょ〜」

ミツルは嬉しそうに野崎の手を握った。しかし野崎はゆっくりと首を横に振った。

「でも僕、肌弱いんです。ミツルさんのヒゲ、途中から痛くて痛くて、口も耳も乳首も、とんでもなくヒリヒリしてます。結果発表ですが僕、男性は無理っす」

野崎が言った。するとミツルはしばらく黒沢と目を合わせていた。そして二人とタロウが、同時に噴き出し、店中の客や店員が振り返るくらいの爆笑へと変わっていった。野崎も次第に、つられて笑い出した。緊張が解けたせいか、笑い始めると止まらなくなった。そして最終的に、横腹が痛くなるくらいに、のたうちまわって笑った。

笑いながら、こんなに笑ったのはすごく久しぶりだということにも、気がついた。

名古屋から帰って数日経っても、高揚感のようなものがずっと消えなかった。黒沢さんのおかげなんだよなと野崎は思う。自分はもう腹から笑うことなんかないんじゃないかと思っていたが、あの夜は涙が出るほど笑いころげた。

そしてその前の、コンサートホールでの出来事。

きっとあの二五〇〇人のほとんどは自分のことなんか知らない。しかし黒沢の紹介でもらった拍手の大きさと温かさは、忘れることができなかった。あのとき、自分が黒沢でもブルーカーニバルでもないことが、素直に悔しいと思えた。

俺も、あんな場所に立ちたい。あれだけの人を前に、自分の歌を歌いたい。

そう思うたびに、野崎は武者震いのようなものが体を駆け巡るのを感じた。

笑ったこともそうだが、これだけ体に熱いものがこみ上げてくるのも、ずいぶん久しぶりのような気がした。いや、もしかして三七歳にして初めてくらいのものかもしれないと思った。

ディオンヌが足元で、猫じゃらしを両手で押さえ、ごろんごろんと寝返りを打つようにして遊んでいた。

野崎はギターを手にした。まだまだ先は遠い。到着地点も見えていない。でもとにかく一歩目を踏み出さなくてはならない。どこに辿り着くのかわからなくても、歩き出さなければ始まらない。

その夜、野崎は麻由子の夢を見た。夢の中で、野崎はこれはいま現在のことなのか、それとも過去を思い出しているのかがよくわからなくて、混乱していた。そんな夢を見たので、起きたときにはもっと、自分がいま、いつどこにいるのかがわからなくなり、より混乱する始末だった。

夢の中で野崎は、自分の部屋でギターを弾いていた。目の前には麻由子が床のクッションの上にぺたんと座ってこちらを見ている。麻由子が何かを話す。野崎は即興でそれを歌にする。どうやらそんな遊びをしているようだった。

麻由子はこれまでの、野崎との日々や、デートで行った場所や、交わした言葉を口にする。野崎はそれをメロディーにしようとするが、そう簡単にはアイデアは浮かんでこない。

そのときふと、あるやり方を思い出した。黒沢の曲だ。まず詞のイメージに似合いそうな黒沢の曲を選び、それをギターで弾いてハミングした。そしてその旋律に、麻由子の言葉を乗せていく。まずはこうして歌を作り、イメージを固めたら、後で改めて自分の曲をじっくりと考えていこう。

野崎は夢の中でそう考えていた。

ついさっきまで ずっと抱き合って いたのにもう寂しくなる
２Ｌサイズの笑顔に　話しかけ　おかしいね

写真だけじゃない　本当は歌や絵や文章やもっと
いろんな形で君をいつも　感じてたい

他人にはどうでもいい歌
君の歌だけを聴いていたい
春のせいか　いや冬も秋も
去年の夏も同じだった

生まれ変わって遠いところに
離れてもすぐに見つけ出す
君のすべてを迷わぬように
目に焼きつける

三日も会えず　ようやく君をこれから抱きしめられる
仕事に集中したけど　二日目で　頭抱え

同僚たちは呆れて笑って少し羨ましがる
照れもなく　衒いもなく　君を想うから

他人にはどうでもいい歌
君のことだけを歌いたい
年のせいか　若いときは
確かにこうは思えなかった

生まれ変わって記憶をすべて
なくしていても巡り合える
君の感触を間違わない
この手を離さない

君の表情も手紙や声も
ひとつも僕は漏らさない
いつかその日が訪れたとき
そのすべてと僕は逝こう

他人にはどうでもいい歌
二人の歌は終わらせない
君のせいか　たぶんそう
君を好きな自分が幸せ

君を好きな自分が幸せ

一年が過ぎた。

黒沢は昨年末に五〇歳になり、朝から三人の娘たちの世話に追われ、さらに茉美は先月、四人目の懐妊がわかった。「もうね、俺も茉美も行けるところまで行くから」と黒沢は笑った。

野崎は来月、八月で三九歳になる。昨年から楽曲提供だけでなく、自分のライブも再開していた。時間がずいぶん開いて、果たして客が来てくれるだろうかと心配していたが、一五〇人のライブハウスはほぼ埋まった。野崎は涙が出そうだった。

一年間、野崎はひたすら音楽に没頭した。アイドルグループへの提供曲もこれまで以上に精魂込めて作った。ライブもどうしたら観客に興奮を持ち帰ってもらえるかを第一に考えた。そして部屋と、いくつかのコネで時間は不規則だが使わせてもらえるスタジオにこもって、曲を作った。

やがてそれは一〇曲のデモ音源として完成した。

野崎はすぐにそれを、堂上のメールを通じて黒沢に送った。するとその夜、黒沢から『あみどん』で待ってる」という電話がかかってきた。野崎は「わかりました」とすぐに向かった。

「シューサン、あれなんだけどさ」

黒沢はメビウスに火をつけると、ビールが運ばれてくる前から、めずらしくすぐに本題に入った。

「はい」

「あれ、何?」

「何、って」

黒沢の子供のような質問に、野崎はがっくりとうなだれてみせた。しかしそんな風におどけながらも、ここへ来る前からずっと、黒沢がどんな感想を持つのかが気になってしかたがなく、胸がどきどきするくらいだった。

「とりあえずシューサンは、あれ作ってるとき、どんなこと考えてたの」

黒沢が聞いた。野崎は緊張した。黒沢はどんな意図で聞いているのだろうか。

わからない質問を投げかけられたときは、たとえ答えがとんちんかんになっても、考えずに心を無にして出てきた言葉を口にしたほうがいい。黒沢と一二年つきあってきていつか身についた教訓だ。

「生きていこうって、思ってました」

野崎は言った。自分でも予期していない言葉だった。なぜそんなことを言ったのか、野崎は自分でも驚いたが、やがて、ずっと歌を作っていたときに思っていたことだったと気がついた。

「イエーイ」

黒沢はちょうど運ばれてきたビールジョッキをカチンとあてて、嬉しそうに笑った。どうやら黒沢にとっても、野崎の返事は正解だったようだ。

「ちゃんと聴いたよ。なんで俺に？」

続けて黒沢が聞いた。野崎は居住まいを正してから言った。

「これ、一〇〇パーセント僕のオリジナルなんですけど、実は作詞が麻由子で、作曲が黒沢さんなんです」

「俺？」

黒沢は普通に驚いた顔をした。野崎は「秘密」が気づかれていなかったかと、ちょっと嬉しくなった。

「これも黒沢さんに教えていただいたことですけど、自分の中から出てくる言葉を、ひたすら待ってから詞を書きました。いまのところ、僕が思ってることや考えていること、心や頭にあることを、詞に翻訳していった感じなんです。それは、いまだに引きずっててお恥ずかしいですが、やっぱり麻由子のことしかありませんでした」

野崎は言った。黒沢は黙って、優しく野崎を見つめていた。

「そして次が、告白と謝罪です。この一〇曲、実は全部、黒沢さんの曲なんですよ」

「どういうこと？」

黒沢は、野崎の言わんとしていることがわからずに、ぽかんとした顔をしていた。野崎は口元に浮かびそうになる笑みを堪えて続けた。

「曲が浮かばなかったとき、一度黒沢さんの曲を借りて、その譜割に詞を乗せたんです。その後で、曲を書き直しました。まわりくどいですけど、この一〇曲に関しては、そうしたらすごくしっくりできたのと、そうしなくちゃいけないような気もしてました。盗作しました。ごめんなさい」

「なんだそのパクり方」

黒沢は噴き出した。その目尻は完全に下がっていた。

『ア・ガール』も『緑色の雲』も」

「あぁっ」

野崎が言いかけると、黒沢は目を丸くして、納得したような顔になった。どの曲に自分の曲が元歌として使われたのか、察したようだった。

「すごいこと考えたね、シューサン」

「これが、黒沢さんに真っ先に聴いていただいた理由です」

野崎は大げさに頭を下げた。本当はもう一人、真っ先に聴かせたかったのは麻由子だが、いまは悲しい気持ちになることはなかった。

「僕のこの十何年は、黒沢さんと麻由子でできてましたから」

野崎がそう言うと、黒沢はさっきよりは静かに、カチンとビールジョッキをあてた。

「それで、これを今後はどうしていきたいの？」

黒沢が聞いた。野崎は「そこですよね」という顔で頷いた。いまはデモなので自分のギター以外、ドラム、ベース、キーボードは打ち込みの音だが、本当ならば、実際のバンドとコーラス、できれば管楽器や弦楽器も入れて、きちんと歌いたい。しかしこのご時世、自分の名義のフルアルバムなど簡単に出せないことくらいはわかっていた。

「一番は、黒沢さんにご感想をいただきたかったんです。二番目は、思い切って初めてずうずうしいこと言います。この一〇曲のどれでもいいから、次の黒沢さんの新作に、詞を抜いて使っていただけたら、こんなに嬉しいことはないです」

野崎は恥ずかしくなって頭を下げた。ただの希望とはいえ、こんなにだいそれたことを打診してしまったことに、顔が真っ赤になっていった。

「シューサンの詞は、俺にはまだまだだな」

しかし黒沢は冷静な声でそう言った。

野崎はごくりと唾を飲み込んだ。それはそうだろう。黒沢の曲に相応《ふさわ》しい内容ではないうえに、認めたくはないが、やはりレベルがまだまだだったのだろう。急激に違う意味で恥ずかしくなってきた。野崎はぎゅっと手を握った。

「もったいぶるのは嫌いだから、結論から先に言うよ。さっき、浅田に電話しといた。シューサン、これを完成させて自分の名前でアルバムとして出しな」

「え」

野崎は驚いて黒沢を見つめた。黒沢が言ってくれることは嬉しかったが、それが難しいことくらい自覚している。黒沢だって、いまの音楽業界の不景気ぶりと、ネクストマンデイの知名度を考えれば、それが不可能だということくらいわかっているはずだった。でも、いま黒沢は浅田に電話したと言った。いったい、どういうことなのか。

「いままで一度もやったことがないけど、俺が全面プロデュースで入るから、俺の名前でもバックやってもらいたいミュージシャンでも、なんでも使いなよ」

野崎はしばらく、黒沢の言葉を、頭の中で何度も繰り返した。そして、言ってくれたことを理解していくにつれ、目の前が涙でどんどん霞《かす》んでいった。

ネクストマンデイ
どうでもいい歌

1　Love & Co.
2　いやらしい気持ち
3　あの日
4　だらしがない二の腕
5　水曜日と午後4時と
6　明治通り代々木あたり
7　ペンギンのうた
8　いばらぎ
9　猫の話をそのうちに
10　どうでもいい歌

作詞・作曲・編曲　野崎周一郎
プロデュース　黒沢光

テレビ局へ向かう野崎と黒沢を乗せたタクシーが、芝浦側からレインボーブリッジにさしかかったころだった。後部座席で先ほどからずっと後輩に指示を出していた野崎が、電話口で少し声を荒らげた。

「ちょっと待ちなよ」

その声に、電話の向こうの相手は急いで言い訳めいた言葉を発しているようだった。それを黙って聞いていた野崎は、やがて静かに口を開いた。

「百万年早ぃよ」

電話の相手はぞっとしただろうが、隣で聞いていた黒沢は我慢できずに噴き出した。

「すいません」

野崎は少し赤くなって頭を下げた。黒沢は気にするなという顔をした。すると野崎は電話口に向かってまた声を荒らげた。

「おまえに言ったんじゃない」

黒沢がプロデュースした野崎のアルバム『どうでもいい歌』が発売されて一〇年が経った。野崎は四八歳、黒沢は昨年の年末で還暦を迎えていた。

その日は「東京セッション」というテレビのトーク番組の収録だった。毎回、ミュージシャンや俳優や漫画家や建築家など、各分野のゲストが登場し、そのゲストが好きな対談相手を指名するという番組で、今年デビュー四〇周年を迎えた黒沢に出演依頼がきて、黒沢は相手に野崎を選んだ。

司会はテレビ局の人気女子アナウンサーで、彼女の進行で収録は進んでいった。

「では黒沢さん、本日のお相手のご紹介をお願いします」

オープニングの挨拶、黒沢の紹介とこれまでの活躍をまとめたVTRが終わり、アナウンサーが黒沢に言った。

「ネクストマンデイの野崎くんです。って言っても見てる人はわからないよね」

黒沢はカメラ目線のまま、斜め前に座る野崎を紹介した。

「じゃあわかりやすいほうから紹介してくださいよ」

野崎はすかさず黒沢に向かって口を尖らせた。そのやりとりを見てくすっと笑ったアナウンサーがその後を引き継いだ。

「では私のほうからご紹介させていただきます。作詞家として青野雄子《あおのゆうこ》さんや古川健六《ふるかわけんろく》さんの曲など数々のヒット曲を手がけ、また人気バンド、シャインスワンプやアイドルグループのカトゥーシュのプロデューサーとしてもご活躍の、野崎周一郎さんです」

「野崎です。よろしくお願いします」

「そしていま黒沢さんがおっしゃいましたが、ご自身もネクストマンデイというお名前のソロミュージシャンとして活動されているんですよね」

「はい、ネクス」

「これが笑うくらい売れないいんだよな」

野崎がソロ活動の自己紹介をしようとしたところで、黒沢が口を挟んだ。

「うるさいですよ、さっきから」

「だってそうじゃん。シューサン、何回売れ損ねてんだよ。あ、シューサンっていうのは野崎くんのあだ名ね。なんでシューサンかっていうと」

「うるさいですって、だからもう」

言ったところでテレビでは確実にオンエアされない話を、しかも女子アナウンサーに向かって
し始めた黒沢を、野崎は溜息交じりに止めた。

「だってデビューもぱっとしなかっただろ。ドラマのタイアップもたいして売れなかったし、一曲だけ配信チャートまあまあのあったけど、その後続いてないじゃん」

「おっしゃるとおりですけど」

「でね、聞いて」

野崎の返事を無視して、黒沢はがっかりした顔を作ると女性アナウンサーに言った。

「俺、これまで人の曲をプロデュースしたのって、後にも先にも一度しかないんだ。それがこの

野崎くんのアルバムなんだけど、あれ、笑うほど売れなかったじゃねえか」

「もう返す言葉もございません」

「俺、自分の経歴から消したもん。なかったことにしたもん」

「ひどいなあ。でもあれ、プロデューサーに問題があったんじゃないですか？」

「ほら」

黒沢は今度は呆れた顔を作ってアナウンサーを見た。

「長年の先輩で、しかも売れないところに救いの手を差し伸べた大物ミュージシャンに、この言い草だよ。ひどいでしょ？」

「あ、いま自分で大物ミュージシャンって」

「言ったっけ？」

「言いました」

「まあ、事実だからね」

「事実ですね」

「そこがシューサンと違うところだね」

「そうですねって、だからうるさいですよ」

そこまでのやりとりを終えると、野崎と黒沢は同時に、「ここで終えますから、次どうぞ」という顔でアナウンサーを見た。アナウンサーはそんな二人の顔を見比べ、面食らったような顔をした後で笑い出した。

「お二人は仲がよろしいんですね。野崎さんにとって、黒沢さんはどんな方ですか？」

アナウンサーの問いに、野崎は黒沢へ目をやった。

「僕にとって、いちばんの師匠で、先輩で、おこがましいですけど、親友です」

野崎の答えに、黒沢は一瞬だけ口元をほころばせたが、カメラ前だからかまた元の表情にすぐに戻した。

「黒沢さんというと昔から、骨太のロックと、テレビでの面白いトークという二つの正反対のイメージがありますよね。野崎さんは、素顔もよくご存じだと思うんですが、ふだんの黒沢さんはいかがですか？」

野崎はまた黒沢をちらっと見た。ほんの一瞬だったが、野崎はアイコンタクトで「そこそこの話をしますよ」と告げ、黒沢はサングラスの奥で「面白く言えよ」と返していた。

野崎は少しだけ身を乗り出し、アナウンサーに言った。

「泣きキャバ、って知ってます？」

装幀　山田満明
装画　西村ツチカ

本作品は、小説誌「きらら」（２０１６年９月号〜２０１７年６月号）に連載された「ラブソングには百万年早い」を改題し、改稿したものです。

松久 淳（まつひさ・あつし）

一九六八年、東京都生まれ。著書に、映画化もされた「天国の本屋」シリーズ、「ラブコメ」シリーズなど。近著に「もういっかい彼女」「きっと嫌われてしまうのに」などがある。

編集 石川和男

猫の話をそのうちに

二〇一七年十二月四日 初版第一刷発行

著者 松久 淳
発行者 菅原朝也
発行所 株式会社小学館
〒一〇一－八〇〇一 東京都千代田区一ツ橋二－三－一
編集 〇三－三二三〇－五七二〇 販売 〇三－五二八一－三五五五
DTP 株式会社昭和ブライト
印刷所 大日本印刷株式会社
製本所 牧製本印刷株式会社

造本には十分注意しておりますが、
印刷、製本など製造上の不備がございましたら
「制作局コールセンター」（フリーダイヤル〇一二〇－三三六－三四〇）
にご連絡ください。
（電話受付は、土・日・祝休日を除く九時三十分～十七時三十分）

 ISBN 978-4-09-386486-2